SCHNEERIESE

© Ellen Runa Kara

Susan Kreller, 1977 in Plauen geboren, studierte Germanistik und Anglistik und promovierte über deutsche Übersetzungen englischsprachiger Kinderlyrik. Sie lebt mit ihrer Familie in Bielefeld und arbeitet als freie Journalistin und Autorin. Susan Kreller ist Gewinnerin des Kranichsteiner Literaturstipendiums, wurde bereits dreimal für den Deutschen Jugendliteraturpreis nominiert und hat ihn für ihren Roman »Schneeriese« gewonnen.

Für Nelly

In that land there's a winter
In that winter's a day
In that day there's a moment
when it all goes away
And you know it's a lion's heart
That will tumble and tear apart
When it's comin' down the hills for you

(The Tallest Man on Earth: *A Lion's Heart*)

KAPITEL 1

Stell es dir so vor, würde er sagen, falls jemand auf einer Beschreibung bestünde, irgendwas Handfestem vielleicht, das die Sachlage einigermaßen erklärte. Stell dir das Meer vor, würde er sagen, ganz ungefähr nur, circa. So, dass es in etwa hinkommt. Kein übertriebenes Meer, keins wie auf Postkarten, viel schöner. Denk dir das Wasser hell und nur am Saum nächtlich blau, komm, denk es dir warm und zerzaust, pfeif auf den Winter und schau es dir an, dieses Meer, ein paar Fischer kämmen es mit morschen Booten, überall schwimmen Möwenschatten und ganz vorn, wo es flach ist, planschen Kinder, dicke Männer lassen Steine springen auf und auf und auf, und alles ist ganz still, alles ist ganz laut, versuch es zu sehen, versuch's, würde er sagen mit aller Kraft, wenn er bloß wüsste wie, stell dir vor, wie die Möwen schreien über ihren Schatten über dem Meer, denk, wie jedes Gewitter abprallt und wie der Regen einen Bogen macht um dieses Meer, stell es dir ziemlich genau vor. So, würde er sagen, wenn jemand eine Erklärung verlangte – irgendwas Handfestes vielleicht –, so und kein bisschen anders sind die Augen von Stella Maraun.

KAPITEL 2

Einsneunzig, sagte die Stimme am Telefon.

Einsneunzig, du musst jetzt ganz wach sein.

Und Adrian dachte ausgerechnet an Stellas unbeholfene Art, einen Stift zu halten, es war das Erste, was ihm einfiel, und seltsam war das: dass ihm Stellas Finger in den Sinn kamen, die beim Schreiben den Stift umgarnten wie zum allerersten Mal. Weiß Gott, Adrian hätte allen Grund gehabt, etwas weniger Freundliches zu denken, immerhin war er aus dem tiefsten Schlaf gerissen worden.

Stella.

Was gibt's?

Es geht los, Einsneunzig, sagte Stella. Und du gehst jetzt auch los, zieh dir was drüber, schöne Grüße und bloß keine Widerrede!

Alles in Ordnung bei dir?, fragte Adrian, stieg aus dem Bett und wankte zum Fenster, kalt, so kalt war es hier, mitternachtschwarz, und auf den Straßen lag der reinste Schnee und hatte keinen blassen Schimmer.

Jemand zieht vor meinen Augen ins Dreitotenhaus, sagte Stella vergnügt und fast lispellos. Komm auf der Stelle her, hier stimmt was nicht, da stinkt was gewaltig!

Stella Maraun hätte aus Uruguay anrufen können oder von einem neuerdings bewohnten Planeten, sie hätte sich von jedem beliebigen Flecken Erde oder Weltall bei ihm melden können, vollkommen gleich, Adrian wäre losgerannt, hätte im Gehen eine Jacke vom Haken gerissen, wäre sich mit der Rechten einmal wild durchs Haar gefahren, um dann ins nächstbeste Flugzeug oder Raumschiff zu springen und in weniger als fünf Minuten bei Stella zu sein.

Dass Stella seine Nachbarin war und nur ein paar Atemzüge von ihm entfernt wohnte, machte die Angelegenheit allerdings deutlich komplizierter. Adrian sah an sich herunter und begriff augenblicklich, dass er *so* auf keinen Fall zu Stella gehen konnte, nicht mal dann, wenn er sich etwas drüberzog. Er trug einen auffallend jämmerlichen Schlafanzug, der aus Baumwolle und dunkelblau und an sich nicht schlecht war, auch wenn vorn auf der Brust Bugs Bunny angetrunken grinste. Kein Problem, wirklich, Bugs Bunny hätte er mit Leichtigkeit verdecken können.

Ein gerichtstauglicher Beweis für die Jämmerlichkeit von Adrians Schlafanzug war hingegen, dass die Hosenbeine knöchellang gemeint waren, ihrem Träger aber höchstens bis zur halben Wade reichten und sich von Tag zu Tag weiter nach oben arbeiteten. Jämmerlich waren auch die Ärmel, die den größten Teil von Adrians Unterarmen preisgaben, alles, die insgesamt sieben Leberflecke, die Härchen und die langen freien Flächen, auf die er sich einen Namen seiner Wahl hätte tätowieren lassen können, wenn er lebensmüde gewesen wäre.

Das Schlimme war, dass Adrian nichts gegen diese Schlafanzüge tun konnte, und das Gute, dass er auch gar nichts tun wollte. Denn jeder Schlafanzug, der nicht nach fünf Monaten entsorgt werden musste, war ein Triumph für Adrians Mutter. Dass der Sohn noch seine alten Schlafanzüge trug, hieß ja, dass er in letzter Zeit nicht gewachsen und vorläufig nicht großwüchsig war, kein Stück.

Es war wirklich eine gute Sache. Die immer noch getragenen Schlafanzüge beruhigten Adrians Mutter, wenn auch immer nur für kurze Zeit. Sie lenkten sie manchmal sogar von geschwänzten Arztterminen ab und von *Waldlands großen Größen* und ganz besonders von dem besorgniserregenden Tatbestand, dass ihr Sohn zwei oder sieben Etagen höher als der Rest seiner Altersgenossen war.

Einsneunzig!, hörte Adrian die Stimme mit dem fast nicht vorhandenen Lispeln drohen. Bist du noch dran, kommst du jetzt gefälligst auf der Stelle rüber?

Stella?

Zu spät, sie hatte aufgelegt, und Adrian ging zum Spiegel, der seit Jahren neben dem Kleiderschrank hing und längst zu niedrig für ihn war, im Spiegel sein aalglattes Kinn, ein paar aalglatte Zentimeter Bauch und dazwischen Bugs Bunny, der viel zu hastig atmete.

Adrian zog den Schlafanzug aus, warf ihn aufs Bett und brauchte keine fünf Minuten, um in Jeans und Kapuzenpullover – beides fast neu – passgenau in die Küche zu schleichen, in seine Turnschuhe zu schlüpfen und auf die zugeschneite Terrasse zu treten.

Es war so. Wenn man von ein paar unbedeutenden Unterbrechungen absah, konnte man getrost behaupten, dass Adrian und Stella hier draußen aufgewachsen waren, genau an diesem Ort, auf dieser Terrasse, die die Häuser von Adrians und Stellas Familie im ersten Stock miteinander verband wie eine vollkommen lebensnotwendige Brücke.

Und eigentlich konnte man sogar noch genauer werden und sagen, dass es die rostige Hollywoodschaukel in der Mitte der Terrasse war, auf der Adrian und Stella groß geworden waren, oder mittelgroß, je nachdem. Sie hatten dort Jahr für Jahr überwintert, in muffige Wolldecken gehüllt, und sie hatten dort Jahr für Jahr mit froh schwitzenden Gesichtern übersommert, in den Bäuchen die eisgekühlte Monatsproduktion einer weit entfernten Colafabrik.

Misses Elderly, die Stellas Großmutter war und in Wahrheit einen leicht anderen Namen trug, Misses Elderly hatte den beiden früher immer wieder die *Schneekönigin* vorgelesen und jedes Mal befunden, dass Adrian und Stella tausendmal besser dran seien als Kay und Gerda, denn die hätten schließlich nur eine große Dachrinne gehabt, um sich zu treffen, keine gemeinsame Terrasse und schon gar keine uralte quietschende Schaukel mit äußerst geschmackvollen Decken darauf.

Adrian rutschte jetzt langsam mit den Turnschuhen über die Bodenleisten, immer weiter und weiter, zog Nachtspuren über das glitschige Terrassenholz. Von irgendwoher hörte er Stimmen, nein, man hörte nie Stimmen hier, nie in der Nacht, aber da waren sie, Stimmen, das Knallen einer Autotür, weit weg oder ganz in der Nähe, und wer weiß, am Ende kamen sie wirklich vom Dreitotenhaus, das düster hinter Stellas Haus lauerte.

Adrian lauschte noch eine Weile, aber es war wieder still geworden, die Nacht, sie war das leiseste Geräusch von allen. Er spürte, dass seine eiskalten Füße nur noch wenige Sekunden zu leben hatten, und schlüpfte endlich in die dunkle Küche der Marauns, deren Glastür ebenfalls unverriegelt war, man wusste ja nie. Adrian kannte diese Küche in- und auswendig und bewegte sich sogar im Dunkeln gekonnt an den Möbeln vorbei, tastete sich zur Tür und ging von dort aus ins Treppenhaus.

Vanille.

Es roch nach zwei Arten von Vanille, nämlich nach dem Frauentabak von Misses Elderly und nach der gewagten Körpercreme von Stellas Mutter, die sie mehrmals täglich großzügig auf ihren Armen verteilte. Adrian bewegte sich leise über die Dielen, aber überall knackte und knarrte es, weil das Holz alt war und sich längst aufgegeben hatte. Und obwohl Adrian vorsichtig und fast ohne Knöchelkraft an eine ganz bestimmte Tür klopfte, schien das Geräusch durchs ganze Haus zu hallen, kroch womöglich durch die Schlüssellöcher, quetschte sich unter allen Türen hindurch. Adrian wartete, ob sich etwas im Haus rührte, aber nicht mal Stella gab irgendeinen Laut von sich, und das, obwohl Adrian ein Geräusch, das vage an *Herein!* erinnerte, ausgesprochen gelegen gekommen wäre.

Als Stella auch bei Adrians zweitem Versuch nicht auf das Klopfen reagierte, öffnete er einfach die Tür und sah sofort, dass es im Zimmer stockfinster war, nur von der Straße kam ein wenig Licht hoch. Adrian erkannte Stellas Umrisse vorm Fenster. Sie kniete feierlich auf einer Fußbank und stützte die Ellenbogen auf dem Fensterbrett ab, als würde sie gerade beten. In Wahrheit blickte sie aber nur mit einem Fernglas nach unten und sagte, ohne sich auch nur für einen winzigen Augenblick umzudrehen: *World Financial Center,* verstummte dann und konzentrierte sich wieder auf das Dreitotenhaus, das sich auf der anderen Straßenseite angeblich verdächtig benahm.

Stella?, fragte Adrian, weil ihm leider nichts Originelleres einfiel, aber die Angesprochene machte ungerührt weiter und sagte, den Blick immer noch auf die Straße gerichtet:

Höchste Aussichtsplattform der Welt, in Shanghai ist die, unglaubliche vierhundertvierundsiebzig Meter hoch. Und jetzt hol dir ein Kissen und komm endlich, das Dreitotenhaus hat nicht ewig Zeit!

Adrian nahm sich ein Kissen, kniete sich neben Stella und hatte jetzt, auf dem flachen Polster, die besten Voraussetzungen, um nur wenig größer als Stella zu sein und um aus dem Nasenlochwinkel ihre Haare zu riechen, die sie wahrscheinlich erst vor wenigen Stunden gewaschen hatte und die nach Kinderkaugummi rochen.

Da müssten wir mal hin, sagte Adrian. Nach Shanghai.

Müssten wir nicht, die Aussicht ist hundertprozentig nichts Neues für dich, die hast du jeden Tag. Nur falls du's vergessen hast, du bist der weltweit höchste Junge, Einsneunzig.

Adrian kniff Stella in den Arm, und Stella, die seit ein paar Jahren die größten und längsten Sachen aller Zeiten für ihn auswendig lernte, die *großwüchsigen Dinge*, Stella kniff zurück und knurrte: *Dumm wie Wurstbrot!* Dann kniff Adrian wieder, sagte: *Zwerg!*, worauf Stella höflich *Großkotz!* keifte, und mit einem kleinen warmen Ruck wurde Adrian klar, dass das die guten Momente waren, die Augenblicke, in denen man eins siebzig groß war und lauter Freunde hatte, die Zeiten, in denen man über seine eigenen Witze lachen konnte und keinen Grund hatte, an den Fingernägeln zu kauen. Vielleicht war man glücklich in solchen Momenten, mit fünfmal ü wie in den alten Schallplattenliedern, die sich Misses Elderly so gerne anhörte, *glüüüüücklich*, und vielleicht war das alles so, weil einen soeben ein Anderer dazu gebracht hatte, dass man sich selber mochte.

Adrian sah Stella an, die wieder reglos und mit leicht zitterndem Fernglas zum Dreitotenhaus blickte, dann wandte er sich ab und schaute ebenfalls nach unten, den Kleintransporter mit der abgeblätterten Aufschrift konnte man auch ohne Fernrohr erkennen.

Und das Gebäude, vor dem er stand, sowieso.

Das Dreitotenhaus war immer schon eine hochgefährliche Angelegenheit gewesen, auch wenn es auf den ersten Blick eher harmlos aussah. Es war mit einer Farbe gestrichen, die an lange nicht gewechseltes Wischwasser erinnerte, hatte rostbraune, seit Ewigkeiten geschlossene Fensterläden und verzichtete großzügig auf einen umständlichen Vorgarten. Aber es hatte auch eine düstere Eingangstür aus uraltem Holz, ein etwas löchriges Dach und dann auch noch die schlechte Angewohnheit, seine Bewohner zu ermorden.

Genauso war es nämlich. Innerhalb von sechs Jahren hatte das Haus drei Menschen verschluckt, zuerst einen Biologielehrer, der einen grundlosen Herzinfarkt bekam, später, als neue Leute eingezogen waren, eine ältere Frau, die außerplanmäßig und für immer von der Leiter fiel, und zum Schluss noch eine Bankangestellte, die sich eine Blutvergiftung zugezogen hatte. Das alles konnte kein Zufall sein, auf dem Dreitotenhaus lag ein einwandfreier Fluch, darüber war man sich im ganzen Ort einig.

Seit Jahren stand das Haus leer, und Adrian hatte von Stellas Fenster aus oft gesehen, dass alte Frauen, die vorbeigingen, einen Bogen um das Haus machten und die Dreitotenstrecke lieber auf der Straße als auf dem Bürgersteig zurücklegten. Wahrscheinlich fanden sie es angenehmer, auf herkömmliche Weise überfahren zu werden, als das nächste Opfer des fluchbeladenen Hauses zu werden. Es war klar, dass, wenn sich die Menschen noch nicht mal in die Nähe des Hauses trauten, erst recht keiner freiwillig dort eingezogen wäre, ausgeschlossen, nie im Leben. Es gehörte fast zum guten Ton hier, dass man sich vor dem Dreitotenhaus fürchtete, dass man seine Mitmenschen ausführlichst vor ihm warnte und dass man es nie, wirklich niemals, betrat.

Sieh sie dir an, sagte Stella aufgeregt. Die ziehen da wirklich ein!

Adrian nahm das Fernglas, das Stella ihm reichte, und sah einige nächtliche Personen, die sich über den glitschigen Bürgersteig kämpften und Kartons ins Haus schleppten, Grünpflanzen, Stehlampen. Es war nicht auszumachen, wie viele Menschen an dem Umzug beteiligt waren, denn vor dem Haus herrschte ein großes, dreitotenstilles Durcheinander. Immer wieder verließen oder betraten Leute das verbotene Gebäude und verrichteten ihre Arbeit mit unbewegten Mündern. Adrian sah eine dunkelhaarige Frau, die ein Mädchen trug, fünf oder sechs Jahre alt und dick eingepackt. Die Kleine hatte ihre Arme um den Hals der Frau geschlungen und schien zu schlafen, zumindest bewegte sie sich nicht.

Es war ein merkwürdiger Anblick. Die Szene sah auf traurige Weise geheim aus, für kein Auge dieser Welt bestimmt, und Adrian konnte sich nicht vorstellen, was Menschen dazu bringen konnte, ihren Umzug auf die Nachtstunden zu verlegen. Die Leute da unten hatten kaum Licht, nur der Hausflur und der Keller waren schwach erleuchtet, alles andere lag im Dunkeln, was Adrian für einen Umzug sehr unpraktisch vorkam.

Was denkst du?, fragte Stella. Was passiert da unten?

Mal überlegen, sagte Adrian und fügte nach sehr vielen Sekunden hinzu: Klar, jetzt weiß ich's, ich war mir erst nicht sicher. Du weißt schon, die Uhrzeit und das dreckige Fernglas. Putzt du das eigentlich nie? Na ja, jetzt weiß ich's jedenfalls. Sieht ganz so aus, also, es ist nicht ganz unwahrscheinlich, dass da unten jemand einzieht.

Phänomenal, Watson! Aber klar, du musst ja auch ein Riesengehirn haben, mit so einem Gehirn hätte das jeder rausgekriegt! Aber trotzdem, sagte Stella und klopfte Adrian anerkennend auf den höhergelegten Rücken, ich bin wirklich stolz auf dich, Einsneunzig!

Einsneunzig.

Als ein paar Leute vor einem Jahr in der Schule angefangen hatten, ihm diesen Namen hinterherzurufen, weil irgendwer seine genaue Größe herausgefunden hatte, da war Stella auf die Idee gekommen, Adrian zu Hause auch so zu nennen, damit es gar nicht erst wehtat.

Damit es nichts als ein Name war.

Damit es nichts war.

Fast alle hatten sich geweigert, den Namen zu benutzen, vor allem Adrians Mutter, die ihren Sohn am liebsten zu einer kleinen handlichen Kugel geknüllt hätte, so dass er keinem auffallen und von niemandem anders als

Adrian genannt werden würde. Und weil Adrians Eltern und Stellas Mutter und Stiefvater befreundet waren und andernfalls auch nie so lange in so enger Terrassennachbarschaft gewohnt hätten, konnte Stella nicht mal ihre eigene Mutter, die sonst für vieles zu haben war, von ihrem Plan überzeugen. Einzig Misses Elderly, die aber sowieso ein Faible für künstliche Namen hatte, war sofort damit einverstanden gewesen, Adrian umzubenennen. Und dabei war es dann auch geblieben, für Stella und ihre Großmutter hieß Adrian nur noch Einsneunzig.

Stella hatte ihn nie wieder anders angesprochen, seit einem Jahr nicht, und wer weiß, wahrscheinlich konnte man sagen, dass genau das – zusammen mit den großwüchsigen Dingen – Stellas Art war, Adrian mitzuteilen, dass er in Ordnung und kein Freak war, keine große Sache. Und Adrian, er mochte diesen Gedanken, ja. Aber da war noch etwas anderes, das ihm gefiel. Der Name Einsneunzig täuschte nämlich geschickt darüber hinweg, dass Adrian im letzten Jahr schon wieder vier Zentimeter gewachsen war.

Stella schnappte sich das Fernglas, schaute eine Weile nach unten und stöhnte: Wodka!

Wodka?, fragte Adrian. Na dann, prost!

Quatsch, sagte Stella. Die tragen Kisten mit Flaschen rein, Alkohol, bestimmt Wodka, das seh ich gleich.

Was würde die Misses dazu sagen?, fragte Adrian.

Die würde sich eine Zigarette anzünden und verkünden, dass sie aus der Sache raus ist. Mit mir nicht, würde die sagen. Stella schien nicht den kleinsten Zweifel zu haben.

Klar, nickte Adrian. Das könnte ihr überhaupt nichts anhaben, die Misses weiß genau, was sie tut.

Misses Elderly hatte früher mal Schnapsideen und ein leichtes Alkoholproblem gehabt, auch wenn sie gern betonte, dass nur dann ein Problem vorgelegen hätte, wenn gar kein Alkohol im Haus war. Irgendwann musste Misses Elderly aber herausgefunden haben, dass es im Leben mehr zu suchen gab als immer neue Verstecke für Schnapsflaschen. Keiner wusste, was genau passiert war, aber seitdem rührte sie keinen einzigen Tropfen Alkohol mehr an und färbte sich stattdessen die Haare rot, qualmte ununterbrochen Vanillezigaretten und hatte das ungewöhnliche Hobby, immer genau zu verstehen, was gemeint war. Sogar dann, wenn die Person, um die es ging, es selbst nicht wusste.

Vor allem dann.

So, Einsneunzig, und jetzt verrate ich dir was, verkündete Stella, ließ das Fernglas sinken und sah Adrian an.

Du hast dich bestimmt gefragt, warum ich dich mitten in der Nacht anrufe, das hast du doch, oder?

Na ja.

Hast du doch! Oder?

Ja, hab ich, zu Befehl! Aber das war doch richtig, sagte Adrian. Ins Dreitotenhaus zieht schließlich nicht alle Tage jemand ein.

Alle Nächte, korrigierte Stella.

Ja, egal, Tage, Nächte, ich find's jedenfalls richtig. Dass du angerufen hast, meine ich.

Mhm, machte Stella, strich sich eine aschblonde Strähne aus dem Gesicht und fragte:

Aber was, wenn das nicht alles ist? Wenn du noch aus einem anderen Grund hier bist?

Adrian fühlte den warmen Klumpen in seiner Brust,

er konnte nichts tun gegen diese kleinen Hoffnungen, die sich sagenhaft gut anfühlten und entsetzlich zugleich, er kannte das schon, diesen Knall, der irgendwann kam, diese verfluchten Explosionen, nach denen sich die Klumpen jedes Mal in reinstes Nichts auflösten, ja, Adrian kannte das alles zur Genüge, nicht schon wieder, bitte.

Was für ein Grund soll das sein?, fragte er so beiläufig wie möglich und wusste, aus welchem Grund *er* hier war, der Grund war Stellas staubfeines Lispeln, der Grund, das war ihr Shampoo, das war die Aussichtsplattform des World Financial Centers, vierhundertvierundsiebzig Meter hoch, und der Grund war dieser winzige, fast nicht erwähnenswerte Sachverhalt, dass Stella Maraun – vielleicht neben Misses Elderly – der einzige Mensch auf der ganzen Welt war, mit dem Adrian wirklich gerne redete.

Also, flüsterte Stella geheimnisvoll und sehr feierlich. Also. Es ist nämlich so. Der Grund, warum ich dich aus dem Bett geklingelt habe, ist, dass wir es nicht mehr mit dem Dreitotenhaus zu tun haben!

Haben wir nicht?, fragte Adrian und fühlte seine Hoffnung zerfallen, alles, was jetzt kam, konnte auf keinen Fall mit ihm zu tun haben.

Nein, sagte Stella. Was du da siehst, das ist nichts anderes als das … Viertotenhaus!

Wie bitte?, fragte Adrian. Was? So schnell ist jemand gestorben? Das ist rekordverdächtig!

Idiot!, keifte Stella und sah nach unten.

Wieso denn, sagte Adrian, irgendwer muss doch gestorben sein.

Ja, irgendwer.

Und?, hakte Adrian nach. Wer genau?

Stella blickte ihn abrupt an, und weil unten die Scheinwerfer des Kleintransporters aufleuchteten, waren Stellas Augen viel zu hell für die Worte, die jetzt kamen. Seine Nachbarin sah ihn an, lächelte nicht und sagte leise und unglaublich langsam:

Hier muss keiner mehr sterben, dafür haben die gesorgt. Die haben ihren Toten mitgebracht.

Was?

Wie ich es sage. Mitgebracht. Lieferung frei Haus.

Und als du mich vorhin angerufen hast …

Ja, sagte Stella, da haben sie den Toten ins Haus getragen, auf einer echten Bahre. Verstehst du?

Klar, was sollte ich da nicht verstehen! Und Adrian sah in die kalte Nacht, die von schwach beleuchteten, unergründlichen Menschen bevölkert war, räusperte sich eine Spur zu laut und sagte schließlich:

Was gibt es da nicht zu verstehen? Wir wohnen jetzt neben einer Leiche.

KAPITEL 3

Für Anfang November lag jede Menge Winter auf den Straßen. Die Kälte war gnadenlos, kleinen Kindern froren die Tränen an den Wangen fest, der Schulbus war so gut wie immer unpünktlich und jeden Morgen bekam Adrian seine riesigen Schuhabdrücke auf dem weißen Tablett serviert. Früher hatte Misses Elderly bei der ersten halben Schneeflocke, die aus Versehen vom Himmel gefallen war, ihr fleckiges Andersen-Buch aus dem Regal gezerrt und dann ihren speziellen Männerpfiff ausgestoßen, den sie wie keine andere beherrschte, zweimal lang, einmal kurz. Sofort waren sie zur Schaukel gelaufen, Stella und Adrian, anfangs sechs und am Ende, als vorgelesene Geschichten langsam peinlich wurden, zehn Jahre alt.

Und da hatten sie dann gesessen, Stella und Adrian und dazwischen dieses morgenrote Haarleuchten mit der zerkratzten Stimme. Es gab heißen Kakao aus der Thermoskanne der Misses und ab und zu einen kleinen Besuch von Adrians besorgter Mutter, die den Sohn mit immer mehr Decken und die Vorleserin mit immer vorwurfsvolleren Blicken belieferte. Die Märchen wurden von Misses Elderly mit größter Sorgfalt ausgewählt, und alle waren so traurig, dass es eine Lust war, sich in die Decken zu wickeln und abwechselnd Kakao zu trinken und die unglücklichen Märchenhelden großzügig zu bedauern.

Misses Elderly las alle möglichen traurigen Geschichten von Andersen vor, aber am häufigsten die *Schneekönigin*. Zusammen mit der Misses und Stella bildete Adrian eine eingeschworene Hollywoodschaukelgemeinschaft, die eine feste Reiseroute hatte: den Weg von Gerda, die ziemlich umständlich unterwegs war, um ihren Freund Kay zu finden und ihn der Schneekönigin zu entwenden. Noch heute kannte Adrian einige Sätze aus dem Märchen auswendig, damals konnte er die meisten sogar mühelos mitsprechen, *wenn wir am Ende der Geschichte sind, wissen wir mehr, als wir jetzt wissen*, genau so war alles losgegangen. Auch wenn die Misses einmal ohne Vorwarnung gesagt hatte: Aber nur damit ihr's wisst, Geschichten gehen nie zu Ende!

Später, sehr viel später hatte ihnen Misses Elderly mal gesagt, dass sie das gebraucht hätte, die Märchen auf der Schaukel, dass sie raus in die Kälte musste, um sich aufzuwärmen und um bloß nicht wieder auf Schnapsideen zu kommen. Das muss die Zeit gewesen sein, nachdem ihr der Engländer davongestorben war, nur dass ihn die Misses damals noch unsichtbar geschwiegen hatte.

Auf einen streng geheimen toten Engländer hatte damals nichts anderes hingedeutet als die Bekanntgabe von Stellas Großmutter, sie wolle ab sofort nur noch Misses Elderly genannt werden, eine Bitte, der nicht nur Stella und Adrian mit ihren sechs Jahren nachgekommen waren, sondern seltsamerweise auch Stellas Mutter, wieso, das wusste keiner. Aber genau so war es, und als Stellas Großmutter die Märchen vorgelesen hatte, in den schönsten Jahren, an die sich Adrian erinnern konnte, wurde sie schon unter dem Namen Misses Elderly geführt.

Und jetzt, jetzt jagte der Novemberschnee über die Straße, so wild und so weiß er konnte. Adrian saß mit einem Skizzenblock am Küchenfenster und versuchte den Schnee zu zeichnen, aber die Flocken, sie ließen sich nicht einfangen, die Flocken waren Wolken, zerstampft mit einem Mörser, Sterne waren das, die es oben nicht mehr aushielten, die Flocken, das waren …

Hörst du mir überhaupt zu?

Adrian wandte sich vom Schneetreiben ab und blickte zu seiner Mutter, die gerade ein Glas polierte und ihn ängstlich lauernd ansah.

Was, Mama? Hast du was gesagt?

Der Termin übermorgen, sagte seine Mutter und wirkte nervös, denn sie biss sich fortwährend auf die Unterlippe und polierte das Glas so heftig, dass Adrian befürchtete, es jeden Moment platzen zu sehen.

Der Termin, wiederholte seine Mutter und fügte hinzu: Ich will, dass du da hingehst!

Mama! Du hast gesagt, ich kann mir das überlegen.

Und? Hast du?

Ja, hab ich. Ich hab mir überlegt, dass ich nie wieder zu diesem Endo… zu diesem Arzt gehe!

Unvermittelt stellte Adrians Mutter das gut polierte Glas neben die Spüle, das nicht mal dadurch einen Sprung bekam, setzte sich zu ihrem Sohn und grub mit den Händen im zusammengeknüllten Geschirrtuch herum.

Adrian, seufzte sie, schloss die Augen, öffnete sie wieder und sagte: Gut, dann also noch mal. Die haben ausgerechnet, wie groß du wirst, wir haben die Zahl beide gehört.

Hör auf!

Adrian waren diese Diskussionen so verhasst wie Lakritz, Kapern und zu kurze Bettdecken zusammen. Es war klar, was gleich kommen würde, in ein paar Sekunden würde ihm seine Mutter mit großzügig bewässerten Augen erzählen, wie das früher für *sie* gewesen war, die Größte war sie gewesen!, und zum Kotzen fand er diese weinerlichen Geschichten, zum Kotzen, genauso hätte er es gesagt, wenn ihn jemand danach gefragt hätte. Die Tränen, sie kamen dann tatsächlich, Adrians Mutter begann zu schluchzen und von früher zu erzählen, als sie alle überragte und sich nie, nicht mal in den schlimmsten Momenten, verstecken konnte.

Adrian mochte es nicht, seine Mutter so zu sehen, er schämte sich für sie, obwohl doch niemand im Raum war, den das Ganze hätte interessieren können. Er sah auf seine wild gewordene Zeichnung und dann wieder aus dem Fenster, so weiß war alles, dieser ganze Winter, die Flocken da draußen. Und wenn jetzt jemand vorbeigefahren wäre und ihm gewinkt hätte, zur Not sogar die Schneekönigin, er wäre auf der Stelle mitgefahren, nur fort von hier, fort von den zu groß geratenen Tränen seiner Mutter, hinein in die kalten Flocken, die auf seinem Kopf immer ein wenig früher als auf den anderen Köpfen landeten.

Die Wahrheit war, dass Adrians Mutter überhaupt keine Ahnung hatte und dass niemand, auch nicht der talentierteste Überredungskünstler, Adrian vom Gegenteil überzeugen konnte. Denn nein, er war ja gar nicht verzweifelt, zumindest nicht so, wie es sich in den Augen seiner Mutter gehörte. Gut, okay, es war nicht das Angenehmste, überall aufzufallen und alle haushoch zu überragen, Adrian hatte sich sogar schon manchmal dabei ertappt, den Kopf einzuziehen und einen lächerlichen Buckel zu machen.

Gut.

Okay.

Da waren noch andere Dinge, die er nicht mochte, seine Beine zum Beispiel, die er immer wie ein Turmspringer an den Körper ziehen musste, wenn er hinten im Auto saß. Er mochte es nicht, dass er in der Badewanne höchstens mit aufwendigen Verrenkungen liegen konnte und nie ganz mit Wasser bedeckt war, und er hätte auch darauf verzichten können, dass alle von ihm erwarteten, ein guter Basketballspieler zu sein, Blödsinn, er war nun mal eine Niete in Sport!

Aber ansonsten konnte er einigermaßen mit seiner Höhenluft leben, die anderen ließen ihn meistens in Ruhe und beschäftigten sich eher mit denen, die die Frechheit besaßen, zu dick oder zu still oder Streber zu sein. Bis jetzt hatte Adrian jedenfalls noch keine wirklichen Probleme gehabt, und selbst wenn, gab es ja immer noch einen bestimmten Menschen, dem seine Größe nichts, aber auch gar nichts ausmachte.

Ich geh jetzt zu Stella, sagte Adrian, ohne seine Mutter anzusehen. Und ich will keine Spritzen, so, und ich will nicht, dass mir dauernd schlecht ist und dass ich Pickel krieg und …

Zwei Meter und sieben, hörte er seine Mutter leise sagen.

Plusminus irgendwas, fügte er verärgert hinzu.

Adrian, flüsterte seine Mutter jetzt. Der Arzt sagt, die Nebenwirkungen müssen nicht kommen. Adrian, das ist deine allerletzte Chance, du bist schon jetzt fast zu alt für die Therapie.

Mir egal, brummte Adrian und sah seine Mutter erst jetzt wieder an, ihre Augen waren rot geweint, ihre Lippen blass geflüstert. Mir doch egal, sagte er noch einmal. Und wenn ich drei Meter groß werde. Ich geh jetzt zu Stella.

Dann sprang er auf, schlüpfte in seine Turnschuhe, die er für Notfälle in der Küche deponiert hatte, öffnete die Glastür und trat hinaus auf die Terrasse. Als er die Tür von außen zu sich heranzog, sah er noch einmal zu seiner Mutter, die in sich zusammengesunken war und trotz ihrer Größe auf einmal sehr klein wirkte, fast nicht zu sehen. Und Adrian spürte etwas, eine Viertelsekunde reinster Liebe, dann drehte er sich schnell um und stapfte durch den Terrassenschnee, zerschnitt mit seinem Körper die geflockte Luft und merkte nach ein paar Schritten, dass er wieder atmen konnte.

Na endlich, sagte Stella, als Adrian in ihrem Zimmer stand. Ich dachte schon, du kommst gar nicht mehr.

Adrian winkte ab: Stress mit Mama. Die Hormone.

Ihre oder deine?, fragte Stella.

Weder noch. Ich hab gesagt, ich will die Spritzen nicht.

Gut so, Einsneunzig! Ich brauch dich hier, wir können uns nicht leisten, dass du immer beim Arzt bist. Wir haben eine Mission!

Irgendwas Neues?, fragte Adrian.

Oh ja, sagte Stella. Und das haben wir einzig und allein der Misses zu verdanken.

Hätte ich mir denken können, nickte Adrian und lachte leise, die Misses hatte ein geräumiges Herz, ihr war noch nie ein Mensch entgangen. Dabei war sie keine, die hinter Gardinen lauerte, sie war einfach jemand, der sich für alle Menschen interessierte. Auf der Straße versuchte sie, in jedes einzelne Gesicht zu sehen, das war sie den Gesichtern einfach schuldig, so hatte sie das mal gesagt, schuldig war sie es ihnen, und es hing irgendwie mit der Zeit der Schnapsideen zusammen und damit, dass Misses Elderly damals gesichtsblind war, menschenblind, blind für alles.

Und was hat die Misses herausgekriegt?, fragte Adrian.

Nicht viel, aber fürs Erste dürfte es reichen.

Adrian, der mittlerweile an Stellas Fenster stand, stieß einen anerkennenden Pfiff aus.

Die sind aber schnell! Wohnen gerade mal eine Woche hier und machen sich schon unbeliebt!

Gleich neben der Eingangstür des Dreitotenhauses, direkt auf dem Bürgersteig, stand eine gewaltige Gartenbank aus Holz, der in einem großen Bogen Fußspuren auswichen. Der Schnee lag so hoch, dass das gut zu erkennen war. Und eigentlich gab es für niemanden einen Grund, sich über die Bank zu ärgern, die meisten Leute wären ohnehin nicht direkt am Haus vorbeigelaufen. Trotzdem, Adrian war sich sicher, dass es schon einige Beschwerden gegeben hatte.

Unbeliebt, ja, sagte Stella. Die Misses hat auch so was gesagt.

Und dann erzählte Stella, wie Misses Elderly vor

einigen Tagen drüben geklingelt hätte, einfach so, nur um *Herzlich willkommen* zu sagen oder irgendwas in der Art. Niemand hätte auf das Klingeln reagiert, und als die Misses gerade wieder gehen wollte, hätte eine Frau die Tür aufgemacht und sie mit Akzent gefragt, ob sie sich auch beschweren will, dann wäre sie nämlich schon die Sechste.

Was war das für ein Akzent?, wollte Adrian wissen.

Hat die Misses nicht erkannt, sagte Stella. Fremd eben.

Und durfte sie ins Haus? Ich meine, nachdem sie alles erklärt hatte?

Nein, sagte Stella laut und triumphierend. Die Misses durfte nicht rein, stell dir das mal vor. Das ist doch der beste Leichenbeweis, den wir kriegen können! Ich sag's ja, das ist das Viertotenhaus, Schluss, aus, fertig.

Adrian setzte sich auf Stellas ungemachtes Bett und zog ihren geöffneten Laptop zwischen den Kissen hervor.

Bist du wieder bei *denen*?, knirschte Adrian.

Meld dich doch auch an, wir könnten uns anfreunden, das wär doch was, wenn wir endlich mal Freunde wären!

Elektrofreunde, nein danke!, winkte Adrian ab und tat so, als würde er sich direkt in den weißen Laptop übergeben.

Okay, sagte Stella. Stimmt ja. Du müsstest ein Foto reinstellen, und für Bilder mit Übergröße haben die gar keinen Platz. Schade. Dann eben keine Freunde.

Adrian nahm ein Kissen und schleuderte es in Stellas Richtung, traf aber stattdessen einen Becher mit Stiften, der auf dem Schreibtisch stand und umfiel, während Stella nur mit den Achseln zuckte und irgendetwas murmelte. Adrian war hier immer am rechten Fleck gewesen, in Stellas Zimmer. Er fühlte sich aufgehoben in diesem Raum, und fast war es auch sein Zimmer, obwohl er zugeben musste, dass es sich mit der Zeit und ganz ohne sein Zutun immer mehr verändert hatte. Irgendwann war Adrian dann aufgegangen, dass man es hier mit einem dieser Mädchenzimmer zu tun hatte: die Wände weiß und lila, Stellas Schrift auf einem großen Spiegel, ein kleines Parfüm, ein Haken mit Halsketten, überall Kleidungsstücke und Zettelchen, Haarschmuck. Und Adrian sollte es recht sein, kein Problem, solange Stella die Alte blieb und nicht lila und weiß war und keinen Haken hatte.

Au!

Ohne Vorwarnung hatte Stella das Kissen vom Schreibtisch genommen und es Adrian an den Kopf geworfen, ein harter Aufprall, eine tödlich getroffene Nase.

Einsneunzig, sagte Stella und machte sich gar nicht erst die Mühe, nach eventuellen Kissenverletzungen zu fragen.

Au, wiederholte Adrian sicherheitshalber.

Stella lachte: Schön, dass du mir zuhörst, ich habe nämlich einen Plan!

Hast du?, stöhnte Adrian.

Und was für einen! Ich habe beschlossen, dass wir dringend Salz brauchen. Am besten aus einem Land mit Bänken vorm Haus, die sollen dort das beste Salz haben.

Aha, sagte Adrian. Und hast du schon mal dran gedacht, dass uns das niemand glauben wird? Hattet ihr jemals kein *Salz*? Ich meine, Salz hat man doch immer, Salz ist nie alle. Was hältst du von Zucker?

Egal, entgegnete Stella. Der soll ja auch so gut sein in solchen Ländern. Fragen wir nach Zucker. Und wenn wir das fragen, merkst du auf einmal, dass du aufs Klo musst. Total dringend. Und dann guckst du dich da drinnen um, im Fernsehen klappt das auch immer.

Ich weiß nicht. Adrian schüttelte den Kopf. Ich glaub ja nicht an die ganzen Horrorgeschichten, aber du willst wirklich, dass ich da reingehe?

Einsneunzig! Stell dich nicht so an! Der Tod erwischt dich nie im Leben, der kommt doch gar nicht so weit hoch mit seiner mickrigen Sense. Außerdem stirbt da drüben erst mal keiner mehr, die haben doch schon einen Toten, und der ist bestimmt noch gültig.

Na gut. Aber was könnte ich denn rausfinden?, fragte Adrian.

Stella stöhnte leise und verdrehte die Augen.

Einsneunzig, woher soll ich das wissen? Wir müssen eben erst noch rausfinden, was man rausfinden kann. Keine Ahnung, wieso jemand einen Toten versteckt.

Hab ich auch noch nie gemacht, sagte Adrian.

Ja, ich tu das auch eher selten. Die längste Zunge der Welt hat übrigens eine Frau aus Kalifornien, fast zehn Zentimeter, das ist eklig, oder? So, und jetzt los, bringen wir's hinter uns!

Stella ging entschlossen zur Tür und Adrian trottete träge und mit gut gewärmtem Herzen hinterher, die Vanilletreppenstufen knarrten und der Nachmittag verspätete sich mehr und mehr. Alles war gut jetzt, alles würde ewig so bleiben, und draußen schwammen die Flocken durch die Luft, und Adrian sah sich die Welt von oben an und die Welt war zwei Köpfe kleiner als er, so gut war alles, alles war gut, wie es war.

KAPITEL 4

Entschuldigung, hätten Sie eventuell ein bisschen Salz für uns?, fragte Stella.

Entschuldigung, hätten Sie eventuell ein bisschen Zucker für uns?, fragte Adrian.

Der Junge, der vor ihnen im Türspalt stand und ungläubig lachte, war fünfzehn oder sechzehn Jahre alt und höchstens fünf Zentimeter größer als Stella. Adrian besah sich das Gesicht des Jungen aus der einzigen Perspektive, die ihm zur Verfügung stand, nämlich von weiter oben: Stirn, abenteuerlich geschwungene Brauen, schwarze Augen, Nase, leichter Flaum, Mund, Grübchenkinn. Und es war gewissermaßen ein Ding der Unmöglichkeit, dass Adrian schon in dem Moment, als der neue Junge maßgeschneidert und schönäugig vor ihm stand, irgendetwas ahnte. Schließlich gehörte es nicht zum Allgemeinwissen eines Achtklässlers, dass alles, alles kaputtgehen konnte, nur weil man einmal zufällig nach Salz oder Zucker fragte. Und doch hätte er später schwören können, dass das die Sekunden waren, in denen Stella Maraun, ohne auch nur das Geringste davon mitzukriegen, den *Eissplitter* ins Auge bekam, die Sekunden, in denen Adrians Leben zu wackeln anfing. Er hätte schwören können, dass er es schon da gefühlt hatte, als Stella neben ihm stand und den Fremden stumm ansah, als wäre der sonst wer und nicht etwa ein Verdächtiger, der nachts in Dreitotenhäuser zog und eine Leiche im Gepäck hatte.

Was wollt ihr denn nun?, fragte der Junge akzentfrei und stand so geschickt im Türspalt, dass man nicht ins Haus sehen konnte, nicht mal aus Adrians Augenhöhe. Dann hörten sie die Stimme eines kleinen Mädchens, und der Junge sagte über seine Schulter hinweg: Nino, geh zu Dediko, ich komm gleich, und danach meldete sich eine unsichtbare Frauenstimme und rief: Dato? Daraufhin knallte der Junge ihnen die Tür vor der Nase zu, und Adrian konnte drinnen aufgeregte Stimmen hören, Schritte, das Knallen einer anderen Tür.

Stella sah immer noch aus, als hätte sie eine Erscheinung gehabt. Adrian fühlte Wut und Erleichterung in seiner Brust pochen, Wut über den Anderen und Erleichterung über die zugeschlagene Tür, weg von hier, dachte er, bloß weg hier, fort und fort und fort, dann ist es gar nicht passiert. Entschlossen sagte er:

Los, gehen wir, so was haben wir doch gar nicht nötig!

Stella schien wieder zu sich zu kommen und nickte, sagte aber immer noch nichts, sondern ging einfach los, seufzte kurz und stapfte dann stiefelknirschend neben Adrian über die Straße. Als sie sie fast überquert hatten, hörte Adrian von hinten jemanden *Hey, ihr!* rufen.

Hey, ihr.

Adrian blieb stehen und rührte sich nicht, während sich Stella peinlich schnell umdrehte und klar und sehr deutlich zurückrief: Ja?

Und der Maßgeschneiderte rief allen Ernstes: Wollt ihr jetzt reinkommen oder nicht?

Und Adrian rief allen Ernstes: Nein, wollen wir nicht, kapiert?, nun ja, zumindest *hätte* er das gerne gerufen, zusammen mit ein paar Schimpfwörtern, die sogar Stella beeindruckt hätten. In Wahrheit sagte Adrian nichts, in Wahrheit ließ es Adrian schweigend geschehen, dass Stella mit einem albernen Gemisch aus Mut und Schüchternheit *Ja, wollen wir!* rief, womit sich dieser Tag ein für alle Mal erledigt hatte, überhaupt diese jackenlose Kälte hier, die Dämmerung, der jämmerlich friedliche Rauch aus den Schornsteinen. Und da stand sie, Stella, ihr Schatten wankte mittelgroß im Schein der Straßenlaterne, und da stand er selbst, Adrian, bohrte seine Turnschuhspitze in den Schnee und stieß ihn so wütend nach oben, dass der Anblick an eine bedenkliche Himalaya-Lawine erinnerte. Aber nicht mal die Bank vor dem Dreitotenhaus kriegte etwas davon mit.

Nicht mal Stella.

Das Essen ist gleich fertig, sagte die Frau. Habt ihr Hunger?

Adrian und Stella saßen am Küchentisch, zusammen mit dem Jungen und dem kleinen Mädchen, das sie schon in der Umzugsnacht gesehen hatten und dessen familieneigene Augenbrauen wie Flügel geschwungen waren. Das Gesicht sah so hübsch und schwarzäugig aus, dass es fast wehtat, hineinzuschauen.

Wir müssen gleich wieder los, winkte Adrian ab, spürte dann aber einen sanften Tritt gegen sein Schienbein und hörte Stella mit braver Mädchenstimme sagen:

Oh ja, wir haben Hunger!

Eigentlich war der Plan anders gewesen, vor allem ohne Hunger. Aber Stella tat so, als hätte es nie so etwas wie einen Plan gegeben. Auf Adrians Frage, ob er denn jetzt zur Toilette gehen solle, hatte Stella nur genervt geflüstert, dass jetzt ja wohl alles anders sei, und die Leiche würden sie schon noch finden. Sie hatte so getan, als ginge es hier nicht um einen Menschen, der längst außer Betrieb war und irgendwo hinterrücks versteckt wurde. Sie hatte sich benommen, als wäre es die normalste Sache der Welt, einfach so ins Dreitotenhaus zu spazieren. Nicht mal umgesehen hatte sie sich, als sie alle im Flur standen, und dabei hatten sich Adrian und Stella jahrelang vorgestellt, wie es im verbotenen Haus wohl aussehen mochte. Sie hatten sich herrlich schauerliche Zimmer ausgedacht mit Blutflecken und dunklen Tapeten, Geister in Form von verstorbenen Biologielehrern waren da, die in der Tür standen und mild lächelten, es war ein Dreitotenhaus gewesen, wie es im Buche stand.

Und jetzt?

Adrian fand die Helligkeit des Flurs fast empörend, die Wände waren gelb gestrichen, altmodisch, aber keinesfalls zum Fürchten. Es roch nach frisch gewaschener Wäsche und irgendwie auch nach Krankenhaus, aber da konnte sich Adrian irren. Nur eines, eines wusste er sicher: Düster war hier überhaupt nichts.

Und jetzt saßen sie in dieser Küche, die genauso wenig blutrünstig wie der Flur war. Die Möbel hatten zwar schon bessere Zeiten gesehen und waren irgendwann auch mal modern gewesen, aber alles sah enttäuschend normal aus, wenn man natürlich von den Holztäfelchen absah, die neben dem Fenster an der Wand hingen und mit irgendwelchen säuerlich dreinblickenden Heiligen bemalt waren.

Der Junge trommelte mit seinen Fingern leicht auf den Küchentisch und schien in sich hineinzulachen, während das Mädchen Adrian fragte:

Wieso bist du so groß? Und wie heißt ihr denn bitte überhaupt?

Normalerweise hätte Stella jetzt ihre alte Geschichte erzählt, in der Adrian als Sohn eines berühmten Wissenschaftlers mit einer gefährlichen Flüssigkeit in Berührung gekommen und immer mehr gewachsen ist und eigentlich als Superheld arbeitet, aber leider nicht mehr in seinen Ganzkörperanzug passt. Stella hatte Adrian immer mit ihrer Geschichte beschützt, nur jetzt, jetzt sagte sie nichts als:

Das da ist Adrian. Und ich bin Stella.

Adrian, wie das klang.

Stella hatte ihn lange nicht mehr so genannt.

Die Kleine nickte erwachsen und sagte:

Verstehe. Okayokayokay. Also. Ich bin Nino, das da ist Dato und das – sie zeigte auf ihre Mutter, die am Herd stand – ist …

Dediko, sagte Adrian laut, und alle lachten, sicherlich freuten sie sich darüber, dass Adrian so aufmerksam gewesen war. Er wusste ja selbst nicht, wieso er sich den Namen gemerkt hatte, aber es war schön, in Stellas fröhliches Gesicht zu sehen, und es war schön, mitzulachen und sich das erste Mal wohlzufühlen in diesem fremden Haus, zumindest so lange, bis dieser Dato urplötzlich zu lachen aufhörte und todernst sagte:

Das ist Georgisch. Dediko heißt Mama.

Mama.

Wieso hatte Stella gelacht? Es war nicht gerade so, dass sie Georgisch konnte, und Adrian fühlte Wut in sich aufsteigen, Tränen, die sich in seiner Kehle breitmachten, und die Kleine redete einfach weiter, Minuten und Minuten, diese Tränen in seiner Kehle, aber er würde nicht weinen, nicht weinen, nicht …

Ich bin Tamar, sagte die Frau zu Adrian. Sie stand auf einmal neben ihm und drückte ihm kurz und warm die Schulter, als hätte sie begriffen, wie sich Adrian fühlte.

Und jetzt esst, ich hoffe, es reicht!

Es reichte tatsächlich, nämlich ungefähr für zweiundzwanzig Fußballmannschaften inklusive Trainern und Schiedsrichtern. Adrian war so wütend gewesen, dass er gar nicht gemerkt hatte, wie die Mutter der beiden Schwarzäugigen den Tisch gedeckt hatte, und nun standen da Teller und eine große Schüssel, in der sich Teigtaschen befanden, die wie Tortellini in Zwiebelform aussahen. Auf einem Holzbrett lag eine hohe Käsepizza mit dickem Rand, die Adrian und Stella aber als Chatschapuri vorgestellt wurde, georgisches Käsebrot. Die Teigtaschen waren etwas leichter auszusprechen, die hießen einfach nur Chinkali, und in einer Kanne dampfte so süß Kakao, dass Adrian allein vom Geruch eine Zuckervergiftung bekam.

Der Kakao war ganz anders, als ihn die Misses früher gekocht hatte, und Tamar erzählte etwas von drei Eigelb und haufenweise Zucker und frisch geraspelter Schokolade. Selten hatte Adrian etwas Besseres getrunken, und er hatte auch nie im Leben etwas Besseres gegessen als das, was ihm hier serviert wurde, es schmeckte fremd und gleichzeitig so, als hätte er immer nur nach diesem Essen gesucht, es war hundertprozentig, es war absolut perfekt. Adrian kaute und schaute nur auf seine Hände, auf die linke mit dem Brot, auf die rechte mit der Gabel, fast, dass er eins wurde mit diesem Essen, er *war* jeder Bissen, nichts störte ihn mehr und dann, plötzlich …

Plötzlich war da dieses Stöhnen.

Nicht besonders laut, nicht besonders nah.

Aber trotzdem zu hören.

Es war ein fürchterliches Geräusch, aber als Adrian aufschaute, sah er etwas viel Schlimmeres, auch wenn es völlig geräuschlos vonstattenging. Er sah Stella, die offenbar kaum einen Bissen angerührt hatte und stumm auf ihren Teller schaute, um erst Sekunden später den Kopf zu heben und endlich auch auf das Stöhnen zu reagieren. Er kannte Stella so nicht, aber es war völlig klar, dass ihr Verhalten mit diesem Dato zusammenhing, der sie wahrscheinlich die ganze Zeit angesehen hatte und jetzt aufsprang, zum Radio stürzte und es laut aufdrehte. Seine Mutter flüsterte ihm etwas ins Ohr, deutete dabei seltsamerweise auf Stella und eilte dann grußlos aus der Küche.

Auch Adrian und Stella standen von ihren Plätzen auf, sahen sich an und zuckten mit den Schultern. Nur Nino aß unbekümmert weiter, während ihr Bruder irgendetwas im Küchenschrank zu suchen schien. Dann stieß er einen leisen Pfiff aus, drehte sich um und hatte ein kleines Konservenglas mit einem bräunlichen Pulver in der Hand.

Was ist das?, fragte Adrian und verspürte den dringenden Wunsch, etwas sehr Gemeines zu sagen.

Das ist das, weshalb ihr gekommen seid, sagte dieser Dato beiläufig, er war zu Adrian viel unfreundlicher als zu Stella.

Ach ja?, fragte Adrian und sah zu Stella. Sind wir wegen Blumenerde gekommen?

Aber Dato achtete gar nicht darauf, sondern sah Stella an und sagte:

Du wolltest doch Salz. Das ist Salz. Aus Swanetien.

Stella wurde auf der Stelle rot, was überhaupt nicht nötig war, nicht im Geringsten, und Adrian fragte hastig:

Das soll Salz sein? Und was ist Swanetien? Habt ihr nicht was von Georgien gesagt?

Dato sah Adrian mitleidig an und wandte sich dann wieder an Stella:

Das ist Gewürzsalz. Da ist alles Mögliche drin, sogar Bockshornklee. In Swanetien sagen sie, man wird richtig alt davon.

Dann reichte der Dato-Schnösel Stella das Glas und zog es, als sie danach griff, schnell wieder zurück, etwa so, wie man das in peinlichen Vorabendserien tat.

Tut mir leid, du musst dafür bezahlen!

Was?, fragte Stella, es war das Erste, was sie seit langem gesagt hatte, seit Jahren, seit einer einzigen Stunde.

In Swanetien, erklärte dieser Dato, darf man keine scharfen Sachen verschenken. Das bringt Unglück, sagen sie.

Unglück, dachte Adrian.

Unglück, sagte Stella. Und was, wenn ich gar kein Geld dabeihabe?

Dann bring ich dir das Glas bald vorbei, sagte der Salzbesitzer. Kostet höchstens einen Cent. Du wohnst gleich da drüben, ich weiß schon. So. Und jetzt müsst ihr gehen!

Und dann mussten sie also gehen, Adrian und Stella, sie durften endlich das verfluchte Haus verlassen. Ja, es stimmte, auf dem Haus lag tatsächlich ein Fluch, und er hatte nur wenig mit dem düsteren Stöhnen zu tun, von dem beim Abschied ohnehin nichts mehr zu hören war.

Als sie draußen waren, fragte Stella: Gehen wir noch ein Stück?, dann schwieg sie wieder ihr ungewohntes Schweigen, und Adrian wurde endgültig um seinen Tag gebracht. Er wusste, dass es exakt zwei Bedeutungen von *Gehen wir noch ein Stück* gab und dass die neben ihm durch den Schnee stapfende Bedeutung rein gar nichts mit ihm zu tun hatte. Adrian lief neben Stella her, und ihr Weg führte sie durch den kleinen Ort, es war dunkel und der Schnee trug diesen künstlichen Zitronenduft, den er oft am Abend hatte, ein Geruch, der Adrian an die Brillenputztücher seiner Mutter erinnerte.

Er begriff, dass auch dunkle Tage weiß sein konnten, und als sie an einer zugeschneiten Wiese vorbeikamen, blieb Stella stehen, ließ sich ohne Vorwarnung und wie ein Brett rücklings in den Schnee fallen und blieb sekundenlang einfach liegen, um dann mit den Armen Flügel in den Schnee zu malen und leise *Schneeengel* zu sagen. Und Adrian sah den Maßgeschneiderten in Stellas Augen, wurde schwer wie eine Schüssel Chinkali und kippte neben Stella auf den leichenblassen Grund, *Schneeriese*, sagte er müde, und auch er blieb liegen, mit unbewegten Armen, für immer flügellos.

KAPITEL 5

Adrian hatte schon als kleiner Junge gedacht, dass man, wenn es jemanden wie Stella Maraun gab, gar keine anderen Menschen mehr brauchte, abgesehen von zwei Stück Eltern und höchstens noch einer rot gefärbten Misses. Und selbstverständlich war das ausgemachter Blödsinn, denn erstens war Adrian nie ein *kleiner* Junge gewesen und zweitens dachten Kinder an nichts anderes als an Süßigkeiten und zehnmal Warum.

Aber trotzdem hatte Adrian diesen Gedanken, der ihn jedes Mal froh und abgrundtief mutlos machte; seit diesem Dato dachte er, dass er Stella schon immer so gesehen hatte und dass sie, mittelgroß, wie sie war, von Anfang an aus allem, was gut war, herausgeragt hatte. Es war vollkommen klar, dass Adrian das nie und nimmer und auf gar keinen Fall zu Stella gesagt hätte, nie, weil sie dann zwar immer noch aus allem herausgeragt hätte, aber meilenweit weg von ihm, nicht mehr zu fassen.

Nie im Leben hätte er das gesagt.

Schon gar nicht jetzt, ohne Flügel.

Dabei wäre die Sache mit dem Wegsein schwierig geworden, denn Stella hätte sich wirklich anstrengen müssen, um einen Bogen um Adrian zu machen. Ihre Häuser waren miteinander verwachsen wie siamesische

Zwillinge, die sich ein einziges Herz teilten, und dieses Herz war nichts anderes als die alte Hollywoodschaukel auf der Terrasse, ein quietschendes Herz, das vor und zurück pochte, vor und zurück und immer so, dass die Häuser und alle, die in ihnen wohnten, am Leben blieben.

Dass Adrian und Stella in siamesischen Häusern wohnten, war wieder einmal die Schuld der Misses, wobei die Schuld aber nur darin bestand, dass Misses Elderly die Besitzerin der beiden Gebäude war. Sie hatte sie vor Urzeiten von ihrem längst verjährten Ehemann geerbt und es trotz ihrer drei Kinder nie geschafft, alle Zimmer ordnungsgemäß mit Menschen auszustatten, das funktionierte einfach nicht. Es standen nicht nur einzelne Räume, sondern ein ganzes Haus leer, und irgendwann war die Misses auf die Idee gekommen, das Haus ohne Füllung einfach zu vermieten.

Anfangs waren die Leute ein- und schleunigst wieder ausgezogen, spätestens dann, wenn ihnen die Nachteile von zusammengewachsenen Häusern mit nur einer Terrasse ins Auge fielen. Und erst später, als die Kinder der Misses längst ausgezogen waren und als eine ihrer Töchter mit einer kleinen Ausgabe von Stella Maraun zurückgekehrt war, hatte Misses Elderly verlässlichere Mieter gefunden.

Bleibendere.

Adrian und seine Eltern.

Dabei soll Adrians Mutter, das hatte er später erfahren, am Anfang gar nicht glücklich gewesen sein über das neue Zuhause, und es soll vor allem die Vermieterin gewesen sein, die ihr nicht zusagte. Und doch musste man sagen, Pech gehabt, denn Adrians Mutter hatte nicht mal den Hauch einer Chance gehabt, den Einzug zu verhindern.

Dafür hatte Adrian gesorgt.

Dafür hatte Stella gesorgt.

Nein, Adrian konnte sich nicht mehr daran erinnern, denn Stella und er waren damals gerade mal drei Jahre alt gewesen. Aber die Misses hatte ihnen später immer wieder erzählt, wie sie nebeneinander auf der Hollywoodschaukel gesessen hatten, fast zusammengewachsen, und wie alle Umstehenden sofort verstanden hatten, dass die beiden auf ewig hier sitzen bleiben würden, für immer. Es sei denn, Adrians Eltern zögen unverzüglich ein.

Und dann waren sie also eingezogen, und Adrian und Stella, die damals schon genau einen Kopf voneinander entfernt waren, senkrecht betrachtet, Adrian und Stella hatten dann trotzdem keine Anstalten gemacht, die Schaukel zu verlassen, sondern waren einfach sitzen geblieben, Jahre und Jahre und bis heute, mit ein paar winzigen Unterbrechungen, die nicht zu vermeiden gewesen waren, und zuletzt mit der längsten Pause von allen, die jetzt schon zwei ganze schneeverwehte Wochen andauerte.

Jahre und Jahre.

Die Terrasse.

Die Schaukel.

Und manchmal die Stimme, deren Lispeln unerheblich und auch fast gar nicht vorhanden war.

Adrian, ich kann nicht *noch* länger warten!, hatte diese Stimme immer wieder gerufen, damals, als er sich sehnlichst eine Schwester gewünscht hatte, eine, die mit jedem Millimeter Stella Maraun war.

Einsneunzig, ich kann nicht *noch* länger warten!, hatte diese Stimme immer wieder gerufen, später, als Adrian schon den stillen Wunsch probiert hatte, dass Stella dringend etwas anderes als eine Schwester sein müsste, nur was genau, das war ihm leider auch nicht klar.

Ich kann nicht *noch* länger warten!, und jedes Mal war es Stellas erster und einziger Ruf gewesen, nachdem Adrian auf die Terrasse gelaufen war und mitgespielt hatte. Tut mir leid, hatte er dann zu Stella Maraun gesagt, tut mir wirklich leid, dass ich dich erst nicht gehört habe!

Und so belebten sie die siamesischen Häuser: Adrian und seine Eltern das eine, Stella mit ihrer Mutter und Misses Elderly das andere Haus, was genau genommen gar nicht stimmte, denn schließlich wohnten bei Stella auch noch der Bartersatz und die gefälschte Schwester. Vor drei oder vier Jahren hatte Stellas Mutter ihrer Tochter einen vollbärtigen Ersatzvater vor die Nase gesetzt, und Stella, die irgendwo noch einen waschechten, wenn auch unsichtbaren Vater besaß, war in Adrians Zimmer gerannt, hatte kein Wort gesagt und bis zum Abend wütend unter seinem Schreibtisch gehockt.

Schon damals war klar gewesen, dass Stella wie die Misses war, die sich ja auch immer vor der Welt versteckte, wenn sie von einer Wut befallen wurde. Nur dass Misses Elderly manchmal tagelang in ihrem Zimmer ausharrte und sich zwei stocktaube Ohren zulegte, die das Klopfen an der verschlossenen Tür nicht die Bohne interessierte.

Stella beschränkte sich immerhin auf den kleinen Raum unter Adrians Schreibtisch, und Adrian saß dann jedes Mal an einer Stelle, von der aus er die Schreibtischhöhle nicht einsehen konnte, und wartete einfach, wartete und wartete. Manchmal, wenn ein Fuß heraushing oder eine Hand, holte Adrian seinen Skizzenblock und begann das, was zu sehen war, zu zeichnen. Und als er vor nicht ganz zwei Jahren zum ersten Mal den Wunsch verspürte, mit dem Zeigefinger eine Stellahand oder einen Stellafuß zu berühren, da hatte er etwas Wichtiges begriffen:

Zeichnen war keine Kunst.

Oder besser, es war viel mehr als das.

Zeichnen war die geheimste Art, Stella Maraun zu streicheln.

Den Bartersatz hatte Stella aber dann schon nach einem halben Jahr verkraftet, sie hatte den Freund ihrer Mutter ins Visier genommen, hatte ihm monatelang zugehört und musste dann einsehen, dass das Einzige, was an ihm nicht stimmte, seine mitgebrachte Tochter war. Der Bartersatz hatte sich seinen echten Namen redlich zurückverdient, was aber, weil er ausgerechnet Veit heißen musste, keine große Verbesserung war. Und einzig die gefälschte Schwester behielt ihren Titel, denn sie war und blieb eine unerfreuliche Person. Zum Glück war sie aber deutlich älter als Stella, und sie machte sich schnell aus dem Staub, um irgendwas mit Umwelt zu studieren. Und wenn sie hin und wieder zu Besuch kam, tauchte in jedem ihrer Sätze das Wort Regenwald auf, ob es nun zum Thema passte oder nicht.

Und jetzt spielte all das keine Rolle mehr, all die Regenwälder und Bartersätze und heraushängenden Füße, das alles passierte anderswo, weit weg. Stella hatte sich seit dem Schnösel nicht mehr bei ihm gemeldet, sie hatte nicht angerufen und nicht an seine Tür geklopft, ihm keine Nachricht geschickt und sich auch nicht auf der Terrasse blickenlassen.

Zwei Wochen lang.

Immerhin hatte sie nachmittags an der Schulbushaltestelle mit ihm gesprochen, ziemlich oft sogar, aber immer nur kurz. Adrian war jedes Mal urplötzlich nach Hause gegangen, weil sie über nichts anderes als die neuen Nachbarn reden wollte und nicht mal eine winzige längste Anakonda der Welt für ihn auf Lager hatte.

Abgesehen von diesen Haltestellenmomenten war Stella aber einfach nicht mehr vorhanden, ein flockiger Wind hatte sie mitgenommen, ein Schnösel.

Stella.

Dieser ganze Schnee, dieser ganze November, und Stella.

Und niemand, der rief: Einsneunzig, lass dein Haupt herunter!

Niemand, der freundlich brüllte: Hochwürden, wo bleiben Sie?

Niemand, der überhaupt etwas sagte.

Keiner, der zählte.

Zwei ganze Wochen ohne Stella Maraun.

KAPITEL 6

Ich geh rüber, sagte Adrian zu seiner Mutter, und er wusste selbst nicht, warum er das verkündete, immerhin herrschte zwischen ihm und seiner Mutter Funkstille. Gesprochen wurde nur noch das, was nicht zu schweigen war. Seit der zugeknallten Terrassentür vor zwei Wochen und dem geschwänzten Arzttermin war hier fast kein Wort mehr passiert, und als Adrians Vater am Wochenende kam und sein Leben in Zimmerlautstärke verrichtete, als er von seinen Studenten erzählte und von der kleinen Wohnung, die er die Woche über bewohnte, da kam das Adrian so laut vor, als hätte ein Laster eine Ladung Schutt abgeworfen, direkt in die Stille dieser fürchterlichen Wochen hinein.

Wochen, in denen fast alles nicht gesagt wurde.

Doch jetzt, jetzt sagte es Adrian eben trotzdem: Ich geh rüber, murmelte er und fügte dann unnötigerweise noch hinzu, zu Stella geh ich, womit er seiner Mutter weiter nichts als ein müdes Nicken abringen konnte.

Aber genau da wusste er es.

Warum er *rüber* gesagt hatte, warum *Stella.*

Denn jetzt, seit dem Nicken seiner enttäuschten Mutter, hatte er eine Ohrenzeugin, eine, die lauern würde, wenn er nicht nach drüben ginge. Außerdem war er, weil er seine eigenen Worte gehört hatte, selbst ein Ohrenzeuge, von nun an gab es kein Zurück, und auf jeden Fall musste er zu Stella gehen, und auf jeden Fall würde er das tun, sofort und schleunigst, bevor ihm einer der Millionen Gründe einfiel, warum eine solche Aktion hirnverbrannt war.

Adrian schlüpfte in seine Terrassenschuhe und wollte die Tür öffnen, konnte sich aber auf einmal nicht mehr rühren, etwas Schweres hinderte ihn daran, und das Schwere war er selbst, das Schwere waren seine Brust und sein Bauch, Tonnen von Steinen glühten darin, und in der Glastür sah Adrian das Spiegelbild seiner Mutter, die ihn fast liebevoll ansah, aber die Steine lösten sich auch dadurch nicht auf. Also nahm er sie mit, öffnete nun endlich doch die Tür, schob das Spiegelbild seiner Mutter zur Seite und schleppte sich schwer glühend über die Terrasse, über all den knirschenden Novemberschnee, um seine Schuhe dann in der Küche der Marauns wieder auszuziehen.

Die Küche war leer. Auf dem Tisch stieß eine Teekanne unangenehm riechende Kräuterwolken aus, was nur eins bedeuten konnte, nämlich, dass die Misses zu Hause war. Niemand sonst trank dieses Gebräu, und sogar Stella, die ihre Großmutter inniglich liebte, machte sich gerne über diese Teemischungen lustig und war sich sicher, dass die Misses manchmal ein wenig von ihrem Vanilletabak in die Kräuter kippte.

Auf dem Weg zu Stellas Tür kam Adrian am Zimmer von Misses Elderly vorbei, hörte ein paar schwer zu begreifende Geräusche und verstand erst nach einer Weile, dass da drin gekeucht wurde. Ging es Stellas Großmutter nicht gut, war sie hingefallen, lag sie am Boden und hatte sich sonst was gebrochen?

Misses Elderly?, fragte Adrian durch die geschlossene Tür.

Einsneunzig, komm rein, keuchte eine vertraute Stimme, woraufhin Adrian die Tür öffnete und die Misses in einem lila glänzenden Gymnastikanzug und in einer beachtlichen Verrenkung vorfand. Eigentlich hockte sie nur da, aber das Verrückte war, dass sie nicht auf den Füßen, sondern auf ihren Händen stand und ansonsten in der Luft hockte, das Meiste an ihrem Körper reckte sie zur Zimmerdecke hoch, und sie sah dabei regelrecht artistisch aus.

Ist das Yoga?, fragte Adrian, und die Misses schnaufte im Gefängnis ihrer Verrenkung:

Weißt du doch!

Und dazu hätte es dann doch einiges zu sagen gegeben, zum Beispiel, dass Adrian zwar tatsächlich von ihrer Yoga-Angewohnheit wusste, aber schließlich nie gesehen hatte, was sie da genau machte. Stattdessen sagte er einfach nur:

Na, dann geh ich mal weiter, ich hab noch was vor, also dann.

Aber da, ohne Vorwarnung, landete die Misses wieder auf ihren Füßen und sah Adrian eigenartig ernst an.

Einsneunzig, sagte sie. Hör mir mal zu. Beim Yoga machen wir das so. Wenn du nicht mehr kannst und alles wehtut und du kein Fitzelchen Kraft mehr hast, dann atmest du noch dreimal ein und aus, dreimal, das ist wichtig, und erst dann gibst du dich geschlagen. Wenn überhaupt.

Warum sagst du mir das?

Wenn überhaupt, Einsneunzig. Merkst du dir das?

Dann wandte sich die Misses wieder einer neuen

glänzenden Verrenkung zu, und Adrian murmelte irgendeinen Abschiedsgruß, ging aus dem Zimmer und steuerte, nun wieder tonnenschweren Herzens, auf Stellas Tür zu. Und obwohl es laut genug klopfte, dieses Herz, machte sich Adrian trotzdem die Mühe und pochte an die Tür.

Misses, bist du das?, kam es von drinnen.

Stellas Stimme.

Zum Hören nah.

Adrian öffnete die Tür, räusperte sich und sah Stella auf ihrem Bett sitzen, im achtlosen Schneidersitz, der mit Misses Elderlys Verrenkungen auf gar keinen Fall mithalten konnte. Sie war von sehr vielen Kleidungsstücken umgeben, mehr, als Adrian je in Stellas Zimmer gesehen hatte. Und da war noch etwas anderes, das neu war.

Stellas Blick war neu.

Denn als sie verstanden hatte, wer da in der Tür stand, ließ sie für einen winzigen Moment ihre Mundwinkel sinken, es dauerte wirklich nicht lange, und trotzdem, am Ende entschied sich alles in diesen winzigen Mundwinkelmomenten. Und danach konnte der andere lächeln und lächeln, konnte nette Dinge sagen und sonst wie freundlich sein, aber am Ende, da zählten eben einzig und allein diese läppischen anderthalb Sekunden vom Anfang, und nur die.

Adrian, du bist's, sagte Stella und klang enttäuscht, aber wenigstens nicht unfreundlich. Sie überlegte kurz, dann sprach sie in ihr Handy: Lass uns mal aufhören, ich ruf dich später zurück.

Was gibt's?, fragte sie, sah Adrian kurz und lächelnd an und wühlte dann wieder in den Kleidungsstücken.

Mich, sagte Adrian.

Dich, sagte Stella, ohne auch nur den Kopf zu heben. Sie studierte mit allergrößter Sorgfalt einen blauen Pullover, hielt ihn gegen eine Jeans, schüttelte den Kopf und zog dann ein anderes Oberteil aus dem Klamottenberg, ein grünes, viel zu dünnes T-Shirt. Zu genau diesem T-Shirt sagte sie sehr erwachsen:

Kann ich irgendetwas für dich tun?

Und Adrian dachte, ja, tatsächlich, da gäbe es zwei oder zehn Kleinigkeiten, die dringend mal für mich zu tun wären. Du könntest mich fragen, ob ich dein Gesicht zeichnen will, ich selber frag ja nicht, du könntest mich anrufen jeden Tag, du könntest vor meiner Zimmertür stehen und *Los, Beeilung!* rufen, du könntest mit mir und der Misses auf der Schaukel sitzen und gar nichts tun, du könntest laut sagen, Dato, was für ein bescheuerter Name aber auch, wie kann einer bloß Dato heißen, du könntest mich einfach mal ansehen, du könntest mich *Einsneunzig* nennen, du könntest sagen, tut mir leid, dass ich dich aus Versehen vergessen hab, das kommt nie wieder vor in den nächsten fünf Wochen.

Nein, sagte Adrian. Alles bestens. Ich hatte nur einfach nie Zeit die letzten Wochen, keine freie Minute, du weißt schon, es war hoffnungslos.

Sein Herz. Es schnappte nach Atem, es schlug.

Schlug.

Doch Adrian machte weiter:

Ich hab gedacht, ich seh mal nach dem Rechten, aber scheint ja alles in Ordnung zu sein, mit wem hast du telefoniert?

Stella richtete den Blick auf irgendein neues Kleidungsstück, das sie aus dem Klamottenhaufen gefischt hatte, und lächelte es an:

Ja, du hattest es immer ziemlich eilig!

Das Kleidungsstück blieb stumm und Adrian fragte:

Und mit wem hast du telefoniert?

Stella sah ihn verwundert an und machte sich gar nicht erst die Mühe, einen handelsüblichen Satz zu bilden.

Freundin, Schule, kennst du nicht.

Und da war sie wieder, diese fürchterliche Sache mit der Schule, mit den zwei Schulen, und Adrian hatte damals schon gewusst, dass es ein Fehler war, mit elf schon hatte er das gewusst. Aber es ließ sich nichts daran ändern, damals war er auf dem Gymnasium gelandet und Stella nicht. Die Misses hatte zu ihm gesagt: Adrian, mach dir nichts draus, es ist besser so, glaub mir, irgendwann würdet ihr euch nur auf die Nerven gehen, wenn ihr euch auch noch in der Schule sehen müsstet, das ist immer so. Und man musste leider zugeben, dass ihn das damals, als zum ersten Mal alles anders geworden war, überhaupt nicht getröstet hatte.

Stella sah Adrian freundlich an, fast weich, und sagte:

Ich hab aber gar keine Zeit, muss gleich wieder los.

Zu deiner Freundin?

Stella biss sich auf die Lippen, und erst jetzt sah Adrian, wie rot ihre Wangen waren und wie sehr ihre Augen darüber leuchteten, und da war keiner, der ihm hätte weismachen können, dass das ein gutes Zeichen war, Adrian spürte nun mal, dass das Leuchten nicht für ihn bestimmt war.

Ich geh rüber, sagte Stella mit matter Stimme. Ich geh zu Dato.

Ins ... Dreitotenhaus?, fragte Adrian schwach.

Komm, bitte, nenn es nicht so. In jedem Haus stirbt irgendwann mal einer.

Ja, sagte Adrian. Aber nicht gleich drei Leute. Wir haben immer gesagt, dass das übertrieben ist. Und was ist mit der vierten Leiche? Ich komm mit!

Adrian!

Wir wollten das doch rausfinden, weißt du noch? Also komm ich mit.

Es war erstaunlich, wie schnell ein gerötetes Gesicht seine Farbe verlieren und bleich werden konnte. Stellas Augen wurden stumpf und sahen ihn ungläubig an. Aber Adrian wusste, was zu tun war, einatmen, ausatmen, ein, aus, ein, aus. Er hielt seinen Blick genau in den von Stella hinein und gab sich nicht geschlagen, obwohl er sich nicht ausstehen konnte in diesen Minuten, obwohl ihm seine eigene Anwesenheit genauso verhasst war, wie sie es für Stella sein musste.

Einatmen, aus.

Ein, aus.

Ein, aus.

Und nicht mal dann aufgeben, nicht mal dann.

Doch da veränderte sich Stellas Gesicht schon wieder, ihre Augen sahen jetzt traurig aus und fremd und ängstlich, alles auf einmal. Sie probierte ein Lächeln und sagte leise:

Na gut. Kommst du eben mit.

Dann wurde sie wieder lauter.

Aber jetzt gehst du kurz vor die Tür, ich muss mich noch umziehen, siehst du ja.

Und Adrian hatte gewonnen. Nur dass sich das leider nicht so anfühlte, da war ja immer noch diese Schwere in seinem Bauch, seiner Brust, und gleichzeitig fühlte er sich leer, seine ellenlangen Arme hingen schlaff nach unten, er sagte:

Ja, ich muss sowieso noch mal in eure Küche, da stehen meine Schuhe.

Als er in die Küche kam, fand er dort keine Geringere als Misses Elderly vor, und hätte sie nicht noch ihren glänzenden Gymnastikanzug angehabt, kein Mensch wäre darauf gekommen, dass sie sich eben noch kunstvoll verknotet hatte. Mit krummem Rücken saß die Misses auf dem Küchenstuhl, wodurch sich ihr Bauch in schmalen lila Wülsten den Oberschenkeln gefährlich näherte. Sie sah auf einmal alt aus, trank in kleinen, hastigen Schlucken ihr Teegebräu, hatte die Augen geschlossen und schien sich eine Radiosendung anzuhören.

Um sie nicht zu stören, schlich Adrian zu seinen Schuhen, griff ganz leise nach ihnen und lief dann auf Zehenspitzen zurück in Richtung Treppenhaus. Er hätte schwören können, dass ihn die Misses nicht gehört hatte, aber als Adrian schon so gut wie draußen war und sich noch einmal nach ihr umsah, fing sie mit geschlossenen Augen zu reden an.

An deiner Stelle würde ich drinbleiben, sagte sie. Es gibt eine Unwetterwarnung. Hab ich gerade gehört. Schneesturm, Eiseskälte, das volle Programm.

Ich geh doch nur über die Straße, versicherte Adrian und blickte der Misses ins Gesicht, unnötigerweise, weil sie die Augen immer noch fest geschlossen hielt.

Trotzdem, sagte die Misses. Ich würde mich an deiner Stelle vorsehen. Glaub einer alten Frau. Mit Eiseskälte ist nicht zu spaßen.

Und auf einmal konnte Adrian es sehen. Direkt im Gesicht von Misses Elderly machte sich etwas breit, das ihn beunruhigte, und sie musste dafür noch nicht mal die Augen öffnen, was er sah, genügte vollends, was er sah, war eine große, runzlige, grauschattige Sorge, die sich von der Stirn über die Lider bis zum Kinn ausbreitete.

Und da spürte Adrian diese Wut, Wut auf die Misses höchstpersönlich, die ihm wie eine Verräterin vorkam, weil sie nicht glaubte, dass er das hier hinbekommen würde. Und fast hätte er geschrien, beinah hätte er gebrüllt: Hör sofort auf, so auszusehen, sieh auf der Stelle anders aus, schmink dir die Schatten ab und die Falten auf der Stirn! Misses Elderly, hör auf, hätte er beinah gebrüllt. Und vielleicht hätte er zum Schluss ganz leise gesagt: Wie soll denn bloß irgendwas gut werden mit so einem Gesicht?

KAPITEL
7

Der Küchentisch im Dreitotenhaus lag brach, ein Brillenetui, ein Päckchen Papiertaschentücher, ansonsten nur hölzernes Nichts. Adrian dachte, dass es kaum etwas Trostloseres geben konnte als diese festlich gedeckten Tische, die später leer waren und so taten, als hätten sie die Teller und die Schüsseln und die satten Gästearme nie auf dem Buckel gehabt. Der Kakao und die Teigtaschen waren lange her, zwei ganze verfluchte Wochen nämlich, und Tamar machte keine Anstalten, auch nur irgendetwas davon erneut ins Leben zu rufen. Stattdessen saß sie einfach nur am Tisch, sah die höhere Hälfte des Besuchs an und runzelte die Stirn.

Schon an der Tür war sie so komisch gewesen, *großer Junge,* hatte sie sanft und kopfschüttelnd gesagt und dabei leicht Adrians Unterarm gedrückt, weil der Oberarm in höheren Sphären unterwegs war, zu weit oben für Tamar. *Großer Junge,* hatte sie wiederholt, flüsternd diesmal, und erst dann durfte Adrian das Haus betreten, zusammen mit Stella, die höchstens zehn Zentimeter, höchstens zehn Kilometer von ihm entfernt war und kurz darauf am Küchentisch saß. Stella Maraun, die letzte noch lebende Hüterin der großwüchsigen Dinge, zurzeit leider nicht im Dienst. Stella Maraun, die ihre vielen Worte verloren hatte und jetzt eine neue Art von Schweigen in Betrieb nahm.

Kein schüchternes Dato-Schweigen, nein.

Eher ein genervtes Stummsein, das adrianaufwärts aus ihren Augen sprühte, jedenfalls kam ihm das so vor.

Und als hätte das nicht schon gereicht, verschränkte Dato neben Stella die Arme, lehnte sich gutaussehend zurück und fragte Adrian:

Na, bist du der …

Sein letztes Wort, das in Ansätzen an die Bezeichnung *Aufpasser* erinnerte, ging ein wenig unter, denn Tamar hatte offenbar schon in den Startlöchern gestanden, schlug betont locker auf den Tisch und sagte eine Spur zu laut:

Dato kann euch leider nicht mit in sein Zimmer nehmen, da wird noch renoviert. Ich könnte Tee kochen, wäre das eine Idee?

Bestimmt hatte Tamar Adrian retten wollen, wer konnte das wissen, und trotzdem war es niemand anderes als Dato, den sie soeben vor Schlimmerem bewahrt hatte, vor einem mittelschweren Nasenbruch, um halbwegs genau zu sein, ausgeführt mit einem blitzsauberen Schlag von hoch oben nach schräg unten und bestens geeignet, um wohlgeformte Schnöselnasen in die schiefgebirgigen Nasen von pensionierten Boxern zu verwandeln.

Du auch, Adrian?, fragte Tamar.

Was?

Tee?

Ja, bitte, Tee, klar.

Tamar stand auf und Adrian tat es ihr gleich und folgte ihr wie ein Hündchen zur Spüle. Er konnte gar nichts dagegen tun, wie automatisch bewegten sich seine zitternden Beine vom Küchentisch weg, an dem ihn kein einziger Mensch vermissen würde, keiner.

An der Spüle füllte Tamar Wasser in einen altmodischen Teekessel und stellte ihn auf den Herd. Dann holte sie Teegläser aus einem Schrank und schaufelte viel Zucker hinein.

Wo es Tee gibt, ist es immer warm, sagte sie zu Adrian, der an der Heizung lehnte.

Ja, sagte Adrian und fror entsetzlich, er wusste nicht, ob es am Winter lag, an der höchstens lauwarmen Heizung oder einfach nur daran, dass er Stella und Dato hören konnte. Sie saßen mit dem Rücken zu ihm und unterhielten sich leise, Stella kicherte hin und wieder, und Adrian hätte sich die Ohren zuhalten oder auf der Stelle taub werden können, ganz egal, es wäre immer noch zu fühlen gewesen, dieses Messer aus Wut und Schmerz und Reißdichzusammen, und er wäre immer noch da gewesen, dieser Anblick von Stellas übertrieben rotem Pullover, unter dem sich, warum hatte Adrian das früher nie bemerkt?, ein BH abzeichnete.

Adrian sah wieder zu Tamar, die jetzt aus einer Kanne eine rotbraune Flüssigkeit über den Zucker kippte, bis die Gläser ein paar Zentimeter hoch gefüllt waren.

Ohne Adrian anzusehen, sagte sie:

Das ist Teesud. Schön stark. Und jetzt schau mal zur Wand, schau mal das Foto an. Bei den Ikonen gleich.

Neben den Holztäfelchen mit den schlecht gelaunten Damen und Herren, die goldene Heiligenscheine in Größe XXL trugen, hing jetzt ein vergilbtes Foto, das einfach mit Klebebandstreifen an der Wand befestigt worden war. Adrian sah Wiesen in altem Fotogrün und hinten verblichene Berge mit sehr hohen Gipfeln, die Häuser im Tal waren steinern und ärmlich, und überall standen diese halb verfallenen Türme, die die kleinen Bauten wie Wolkenkratzer überragten.

Schöne Landschaft, sagte Adrian, und das reichte auch, denn alles in ihm hatte sich zusammengezogen, Stella und der Schnösel, der Schnösel und Stella, und auf der Stelle sterben wollen, auf der Stelle weiterleben, schreien, schreien, nur noch schreien und einen Stuhl zertrümmern, dann noch einen und sich auf den Boden werfen und weinen wie ein ausrangiertes Kind. Adrian sagte noch mal: Tolle Landschaft, wirklich, aber Tamar reichte das nicht, Landschaft, ja, aber was für eine, Adrian, was für eine!

Und Adrian wollte das gar nicht wissen.

Und Adrian hielt einfach den Mund.

Das ist Uschguli, das höchste Dorf Europas, erklärte Tamar trotzdem, und Adrian zuckte zusammen, er wusste: Das hätte Stella sagen müssen, sie war die Einzige, die das durfte.

Aber Tamar machte einfach weiter.

Uschguli, das ist in Swaneti.

Ich dachte, das heißt Swanetien, sagte Adrian leicht trotzig in Datos Richtung, der davon selbstverständlich nichts mitbekam, denn er war ja mit nichts anderem beschäftigt als mit der ausführlichen Besichtigung von Stella Marauns Gesicht.

Die einen sagen so, die anderen so, gab Tamar zurück, stellte die Teegläser auf ein Tablett, sah Adrian an und sagte dann:

Swaneti, das ist im Norden von Georgien, Kaukasus, wenn du verstehst, Swaneti, das sind Schotterwege und

Bauernpferde und der schöne Berg Uschba, Swaneti ist da, wo meine Mutter einen Bären mit einem Pfiff verjagt hat, und die Alten verstehen deine Witze nicht, da kannst du dich mal auf den Kopf stellen, und die Steine rollen runter von den Bergen und die krumme Dschameki kocht Auberginensuppe jeden Tag, die Menschen sterben in den Fluss Inguri hinein, und wenn sie mal nicht sterben, dann tanzen sie, dann trinken sie und erheben ihr Glas auf die ganze Welt, und Adler sind in Swaneti, Kirchen klein wie Zwerge und gescheckte Schweine mit zu wenig Fleisch, Hühner, die zu wenig Eier legen, und dazwischen diese Leute, die sich totschlagen, komm, großer Junge, wir setzen uns wieder hin.

Tamar, die am Anfang noch mit leuchtenden Augen von diesem Swaneti-Swanetien erzählt hatte, war das Leuchten vergangen, sie sah gefleckt aus und ihr Gesicht hatte sich in einen roten Gewitterhimmel verwandelt, ein bewölktes Gesicht, in dem nur noch die Blitze fehlten und ab und zu ein Donner. Tamar reichte Adrian das Tablett mit den Teegläsern, auf dem mittlerweile noch ein Glas Limonade stand. Bestimmt war es für Nino, auch wenn die bis jetzt noch nicht aufgetaucht war.

Adrian fühlte sich ungelegen und zu viel, als er die Gläser verteilt hatte und wieder am Tisch saß und Stella und Dato ihr Gespräch unterbrachen. Sicherlich dachten sie dasselbe wie er, wie dumm von ihm, hierherzukommen, wie dumm, sich erwünscht zu fühlen, wie dumm, zu denken, man könnte mit der eigenen Anwesenheit etwas verhindern, das nicht mehr aufzuhalten war, das irgendwer da oben längst entschieden hatte, da oben oder sonst wo.

Wie dumm, in der Tat.

Wie dumm von Adrian, ausgerechnet Adrian zu sein.

Tamar goss jetzt heißes Wasser in den Teesud. Es beruhigte Adrian ein wenig, Tamar Glas für Glas bei dieser Tätigkeit zuzusehen, jeder Handgriff hatte etwas ungeheuer Ernsthaftes und Elegantes, und alles sah so ungewohnt aus, dass Adrian zu Stella schielte, die die Teezeremonie sicher auch besonders fand. Und wirklich, auch sie sah Tamar dabei zu, wie sie Wasser in den Sud goss. Aber Stella schien dabei überhaupt nicht erstaunt.

Und da kam Adrian der Gedanke, dass Stella das alles schon kannte, den Sud und das Wasser, dass sie nur zwei läppische Wochen weg gewesen war, fern von ihm, aber sich in dieser Zeit an alles gewöhnt hatte hier, und da kam sie wieder, diese flackernde Wut, die ausgerechnet Tamar abkriegen sollte.

Nein!, fuhr er sie an.

Tamar schüttelte leicht und ungläubig den Kopf, dann sagte sie:

Du wunderst dich bestimmt auch.

Adrian dachte: *auch*.

Adrian dachte: *Stella*.

Und Tamar fuhr fort:

Aber so machen wir nun mal unseren Tee.

Adrian schwieg, sein Blick wanderte über den Tisch, Tamars Teeglas, rotbraun leuchtend, Datos Teeglas, unerheblich, das nächste Teeglas in einem Mantel aus Stellahänden, dann das Glas mit Limonade, daneben ein Teeglas ohne Wasser für wen auch immer. Adrian sah wieder zu Stellas Händeglas, fünf Fingerkuppen, die auf fünf Fingernägeln mit durchsichtigem Nagellack lagen, Kinderhände, die nicht zu dem BH von vorhin passen wollten, die zu überhaupt nichts in dieser Küche passen wollten, die hier einfach nicht hingehörten, Stellas Hände und ein Teeglas, aus dem Dampf kam wie aus einer gleichmütigen Lok.

Und Adrian konnte nicht behaupten, dass er das, was danach kam, gut fand, dass er so etwas gerne tat oder dass solche Dinge zu seiner üblichen Freizeitgestaltung gehörten. Er konnte spüren, dass es besser wäre, die Klappe zu halten oder unterm Tisch zu liegen oder vorübergehend tot zu sein. Und doch, er hörte sich laut und deutlich sagen:

Komisch, so ein Haus, in dem ständig Leute sterben, drei in sechs Jahren, das muss einem erst mal einer nachmachen!

Schweigen, düsteres Schweigen.

Im Ort sagen sie, das ist das Dreitotenhaus! Guter Name, was?

Wieder herrschte Stille, nur der Tee in den Gläsern dampfte in aller Ruhe vor sich hin, als hätte er mit der ganzen Sache nichts zu tun. Adrian sah vorsichtig zu Stella und erschrak, ihre Augen, ihr Blick, und darin einer dieser Eissplitter, wie ihn Kay eigenäugig von der Schneekönigin kassiert hatte, *ein Splitter von dem Zauberspiegel,* Stellas Augen und Herz so kalt wie ein nördliches Meer, wie die zornige Flut. Aber nicht mal das brachte Adrian dazu aufzuhören, er hörte sich weiterreden, sein Mund sagte: Stella und ich, verstummte dann kurz, weil das gelogen klang, und versuchte es dann noch einmal:

Stella und ich, wir glauben sogar, dass hier irgendwas nicht stimmt, hier ist immer noch irgendwas Totes, wir glauben … Au!

Jemand hatte unterm Tisch gegen Adrians Schienbein getreten, jemand mit vereisten Augen und vereistem Herzen. Der Tritt war so heftig gewesen, dass Adrian Tränen in die Augen schossen, sein Schienbein brannte und schmerzte und schrie, es war die erste ernst gemeinte Verletzung, die ihm Stella je verpasst hatte. Bestimmt liefen längst tödliche Blutströme aus seinem lädierten Bein, mit größter Sicherheit war Adrian ab sofort ein Invalide, und jeder im Bus würde von nun an für ihn aufstehen, jeder im Bus würde wissen, wie schlecht er dran war.

Spinnst du?, stöhnte er in Stellas Richtung.

Selber schuld, sagte sie und schenkte ihm den Blick einer seit Jahren gesuchten Massenmörderin.

Wieso denn, das war doch deine Idee gewesen! *Du* wolltest doch, dass wir rausfinden, was hier nicht stimmt, oder? *Du* wolltest doch hier klingeln! Die haben einen Toten ins Haus getragen. Deine Worte.

Und obwohl Adrian wusste, dass das, was ihm auf der Zunge lag, hundertprozentig nicht stimmte, ließ er es frei und sagte tatsächlich:

Und jetzt schmeißt du dich an diesen Typen ran, nur um was aus ihm herauszukriegen!

Mit einem unbeholfenen Ruck stand Stella auf, konnte aber offensichtlich keine Worte finden, die sich gut brüllen ließen, also schwieg sie und setzte sich wieder. Erst nach einer Weile sagte sie ohne ein einziges Gramm Freundschaft in der Stimme:

Adrian!

Und Adrian sagte: Einsneunzig!

Und Stella sagte: Adrian!

Und Adrian sagte: Einsneunzig!

Und Stella sagte: Adrian!

Und Adrian sagte nichts.

Denn in diesem Moment ging die Tür auf und Nino und ein einigermaßen wildfremder Mann kamen in die Küche, auf die Sekunde genau, so als hätten sie gewusst, dass es hier etwas zu verhindern galt, nämlich die längste und wortkargste Unterhaltung in der Geschichte der erhitzten Küchendiskussionen.

Erst jetzt sah sich Adrian in der Küche um, sah Tamars Augen, die nicht mehr weich waren und sogar tropften, er entdeckte auch die Augen des Schnösels, die das Grinsen verlernt hatten, er sah ein grünliches Handtuch über der Schulter des Wildfremden und ein paar kleine Worte auf den Lippen von Nino, Worte, die sie in ein paar Sekunden sagen würde, gleich, sofort:

Babua ...

Weiter kam sie nicht, denn Tamar hatte ja schon Übung und konnte anderen so schnell und artistisch ins Wort fallen wie niemand sonst. Streng sagte sie:

Nino, setz dich und trink deine Limonade, Wachtang, hier ist Tee, gib mir dein Glas!

Sie nahm den Teekessel und goss Wasser in den Sud.

Als Nino Adrian entdeckte, kicherte sie:

Du bist ja immer noch so groß.

Keiner am Tisch kicherte mit, alle schwiegen, sogar dieser Wachtang-Mann, auch wenn der verwunderter schwieg als die anderen.

Du gehst jetzt besser, sagte Tamar mit zitternder Stimme und sah dabei auf den Tisch, und als Adrian schlagartig aufsprang, tat sie es ihm gleich und nahm seine Hand.

Komm.

Tamars Hand war kalt, zitternd krallte sie sich in Adrians Hand fest, und immer noch schwiegen alle, sogar Nino, die gemerkt haben musste, dass es Zeiten gab, in denen es besser war, sich ausschließlich mit Limonadengläsern zu beschäftigen. Tamar zog Adrian hinaus auf den Flur und öffnete die Haustür. Erst jetzt sah sie ihn richtig an, kohlrabenschwarz waren ihre Augen, mit schwarzen Wimpern, die düsteren Markisen glichen, schön waren ihre Augen, aber im Moment glänzten sie wütend und ängstlich.

Von draußen wehte zu Luft geschreddertes Eis herein, so kalt war es hier, dass Adrian seine Hand befreite und die Arme vor dem Körper verschränkte, auch wenn es für Tamar sicher so aussehen musste, als würde er diese viel zu langen, viel zu dünnen Gliedmaßen in einem umständlichen Seemannsknoten verbinden.

Er wollte raus hier, sofort.

Aber da begann Tamar zu sprechen.

Leise.

Von unten nach oben.

Tu dir das nicht an, sagte sie.

Tu *uns* das nicht an, sagte sie.

Und Adrian bekam das, was man immer bekommt, wenn man so etwas Ähnliches wie Liebeserklärungen hörte, die in Wahrheit so etwas Ähnliches wie Todesurteile waren: Er bekam einen Schreck im Bauch, genau dort, im Bauch und nicht in der Kehle, wo der Schreck für gewöhnlich zu Hause war. Von draußen wehte es immer kälter herein, von draußen und von drinnen, und Adrian wollte endgültig verschwinden von hier, von überall, er wusste, dass er sich um Herz und Kragen geredet hatte und es jederzeit wieder tun würde, raus, weg von hier, dachte er, aber Tamar sprach weiter.

Hast du die alten Türme gesehen auf dem Foto?

Es war der unpassendste Zeitpunkt, um über Türme und Fotos zu sprechen, Adrian schämte sich die kalten Wangen heiß, verfluchte Stella Maraun mit stummen, wild gewordenen Flüchen, aber er nickte und sagte:

Die Türme.

Die Leute in Swaneti haben die vor Jahrhunderten und Jahrhunderten gebaut, das sind, wie sagt man?, Wehrtürme. Auf jeden Fall überragen die alles in den Dörfern, die sind größer als die Kirchen sogar. Für jedes Gehöft gab es einen Turm, in dem haben sich die Leute vor der Blutrache versteckt. Falls du die kennst.

Weiß nicht, kann sein, nuschelte Adrian. Was sollte das hier, was sollte das alles, er wollte auf der Stelle gehen, Wehrtürme, was für ein Unsinn.

Aber Tamar machte weiter.

Und jetzt verfallen die Türme. Alle verfallen sie. Auf einmal erkennst du, wie freundlich sie aussehen. Sie haben so wenig Kraft wie alle anderen und spielen das nur: grimmig sein. Hörst du? Sie überragen alle und sind gar nicht grimmig.

Ich geh jetzt, sagte Adrian mit einem Ruck, was kümmerten ihn diese blöden Türme, und Tamar hob eine Augenbraue, ließ sie fallen wie ein Guillotine-Messer und sagte noch einmal:

Tu dir das nicht an, großer Junge.

Den zweiten Teil ließ sie freundlicherweise weg, auch wenn es Adrian in ihren Augen erkennen konnte, dieses schwarz glänzende *uns*, das ihm wehgetan hatte vorhin, nein, Tamar fügte diesmal nicht hinzu: Tu *uns* das nicht an. Aber was zählte das schon, die Welt, sie war längst untergegangen für Adrian. So oder so.

KAPITEL 8

Nicht weinen, nur daliegen, ausgestorben auf dem Boden liegen, den viel zu dünnen Teppich spüren und die Kälte überall, vielleicht knurren, kurz nur, vielleicht zittern und fluchen, mit vorletzter Kraft aufstehen und mit der letzten alle Möbel zertrümmern, aber nicht weinen, bloß nicht, hörst du, auf keinen Fall weinen. Der zwiebelige Geruch aus der Küche drüben, die Mutterstimme am Telefon, leise und nirgendwo, das eigene Herz, wie es müde applaudiert, *herzlichen Glückwunsch, vor allem viel Gesundheit,* und wieder die Kälte, wieder die Zwiebeln, und nein, lieber doch nicht aufstehen, nie und nimmer aufstehen, nie und nimmer weinen.

Stopp.

Schluss jetzt.

Bitte.

Bitte nicht.

Adrian hatte sich zu einem Halbmond gekrümmt, einer dunklen, nutzlosen Sichel mit Schlagseite, er fühlte das Blut nach unten in seine rechte Kopfhälfte fließen, er fühlte, wie hart dieser Teil des Kopfes auf dem Boden lag, seine Schulter schmerzte und sein rechtes Stück Hüfte, da, wo der Gürtel war, die rechte Seite seines Oberschenkels und der Zorn in seinen Knochen und dann auch noch das zertretene Schienbein, alles, alles tat weh. Und wäre ein Igel vorbeigekommen, der ihm gezeigt hätte, wie das geht: Winterschlaf, einen Winter lang unsichtbar sein, ach, Adrian hätte sich schleunigst darauf eingelassen, Licht aus, bis später! Er wäre erst nach Monaten wieder aufgewacht, belaubt und erdverschmiert und heil, im Frühjahr hätte er gegähnt und dann gewusst, dass alles überstanden war, im Schlaf hätte er sich an die Dinge, wie sie waren, gewöhnt. Er hätte Dato vergessen und den still zerschundenen Blick von Tamar und dann auch noch Stella Maraun und …

Stella vergessen.

Ver-ges-sen.

Etwas, jemanden vergessen.

Sich an etwas, jemanden nicht mehr erinnern.

Ich vergäße.

Vergiss!

Und jählings drehte sich Adrian auf den Rücken und sah oben an der Decke diesen trüben Nachmittag flackern, der nur wenige Minuten her war, er sah Stellas Zimmer mit dem Klamottenberg, in dem irgendwo der rote Pullover auf seinen eng anliegenden Auftritt wartete, er entdeckte Tamar, verschwommen und nicht zu fassen, er sah sich selbst, diesen ausufernden Jungen, der den anderen haushoch unterlegen war, er sah dieses großgezogene Monster, diesen ganzen zornigen Jungen, der er selbst war, und nein, er mochte ihn nicht. Das war niemand, in den man sich verlieben konnte oder für den man sich vorher überlegte, was man anzog, da war nichts, was man mögen konnte an diesem Gesicht, an dem ganzen Rest, und genauso war es, Adrian mochte diesen Jungen nicht.

Diesen Jungen.

Adrian, vierzehn, Einsneunzig plus vier.

Hier, auf dem Rücken, den Blick nach oben.

Das lächerliche Herz, das schwer nach unten fiel.

Und Adrian schloss die Augen, weil er den Nachmittag nicht mehr sehen wollte, seine Wut am Küchentisch, die dampfte wie Tamars Tee in den Gläsern, gar nichts wollte er mehr sehen, aber er sah sie trotzdem, Stella Maraun, zehn oder elf Jahre alt, wie sie mit ihm im Wohnzimmer saß, damals, an den heiligen Donnerstagen, wenn seine Mutter länger arbeiten musste. Adrian hatte auf dem Sofa gesessen und Stella quer auf einem der Sessel, ihre Beine baumelten über der Armlehne, und gemeinsam hatten sie sich Wiederholungen alter Krimiserien angesehen, die ein Geheimtipp von Adrians Vater waren und von weiblichen Hauptverdächtigen mit pudeligen Frisuren und rot gestrichenen Wangen nur so wimmelten.

An solchen Nachmittagen stopfte Stella immer so viele Süßigkeiten in sich hinein, dass Adrian die berechtigte Hoffnung hegte, Stella könnte davon ein paar Zentimeter größer werden, einfach so, zwischen zwei aufgeklärten Serienmorden. Das war zu der Zeit, als Adrian eigentlich schon nicht mehr daran glaubte, dass Stella automatisch mit ihm mitwachsen würde so wie alles, was zu einem gehörte: Beine, Arme, Haare, Mut. Es war ausgemachter Blödsinn, so etwas zu glauben, und trotzdem, bei den Süßigkeiten konnte er sich die Hoffnung nicht verkneifen. Aber umsonst, Stella wuchs Adrian keinen Millimeter entgegen, Stella Maraun war und blieb, zumindest senkrecht gesehen, beneidenswertes Mittelfeld.

Die Kriminachmittage.

Sie waren wie die Schaukelstunden mit Misses Elderly gewesen, nur eben noch zweitausendmal besser, weil Adrian mit Stella allein war. Und niemand konnte Adrian diese Zeiten nehmen, niemand konnte sie überhaupt nur verstehen, keiner, Stella und Adrian, zehn oder elf Jahre alt und von ein paar Milliarden Menschen umgeben, irgendwo. Und von all diesen Menschen hatten an jenen Nachmittagen nur genau zwei gezählt, sie selbst nämlich, Kinder, die Jogginghosen trugen und zu alt für ihre Schokoladenmünder waren und berühmte Sätze aus Krimiserien auswendig lernten. Damals, noch vor den großwüchsigen Dingen, konnte Stella Adrian aus dem Nichts heraus fragen:

Sie haben keine Kinder, oder?

Und Adrian hatte immer gewusst, was zu antworten war, er sagte:

Es ist nicht so, wie Sie denken!

Wozu Stella todernst bemerkte:

Wir zwei machen jetzt einen kleinen Spaziergang!

Und Adrian entgegnete zum Beispiel:

Wird das jetzt ein Verhör?

Und Stella: Kommen Sie morgen um 9 aufs Präsidium!

Und Adrian: Ich weiß, es geht mich nichts an, aber haben Sie eine Affäre mit Soundso?

Und Stella: Sie haben Recht. Es geht Sie wirklich nichts an.

Die Kälte hier, diese Kälte. Ganz langsam öffnete Adrian die klebrigen Augen, es war heiß unter seinen Lidern, auch wenn alles andere an ihm kalt war. Er fror und fror, unter seinem Rücken konnte er Bodenfrost fühlen, aufstehen, dachte er, und: was genug ist, ist genug. Als er sich mühsam aufrichtete, musste er einsehen, dass er unten auf dem Boden um sechzig Jahre gealtert war, betagt und ächzend kämpfte er sich hoch und saß dann da, winkelte die Beine an und krempelte sein rechtes Hosenbein bis zum Knie hoch.

Stellas Tritt.

Ein großer, roter Fleck.

Fleckgewordene Stellawut.

Die Wunde hatte eine eigenartige Form und sah wie Südamerika drüben auf dem Globus aus, wie ein Faustkeil lief sie nach unten spitz zu und ihr Rot wurde gegen Argentinien hin kräftiger. Dieser Nachmittag. Dato, Tamar. Warum war Adrian überhaupt mitgegangen? Er hatte gewusst, dass das Haus da drüben verflucht war, dass diese ganze Zeit verflucht war. Und er hätte einfach verschwinden sollen, tschüs, mach's gut, Stella, hätte er sagen sollen, und: Ich hab sowieso noch viel zu tun, wirklich, du glaubst gar nicht, wie wahnsinnig beschäftigt ich gerade bin.

Frage.

Warum war Adrian zum zweiten Mal ins Dreitotenhaus gegangen?

Frage.

Hätte es nicht genügt zu flüstern: Ich weiß, es geht mich nichts an, aber haben Sie eine Affäre mit dem Schnösel da drüben?

Hätte es nicht genügt zu sagen: Stella?

Liebe, liebe Stella.

Der da drüben, der hat doch gar keine Ahnung von dir, nichts weiß der, überhaupt nichts.

Der war doch gar nicht bei dir all die Jahre.

Aber nein, das alles hatte Adrian nicht gesagt. Stattdessen war er Stella stumpfsinnig hinterhergetrottet, obwohl ihn die Misses mit ihren geschlossenen Augen gewarnt hatte und sogar Tamar deutlich gezeigt hatte, dass sie Adrian für keine besonders gute Idee hielt.

Nicht aufgeben, nicht mal nach dem dritten Ausatmen.

Sich nicht geschlagen geben.

Notfalls südamerikanische Wunden in Kauf nehmen.

Tiefgefrorene Blicke.

Ruckartig stand Adrian auf, er musste sich nicht einmal abstützen dafür, da war ja noch Kraft, da war noch Adrian in seinem Körper, er war wieder jünger, jung. Er ging zum Schreibtisch und sah dort seine Bilder liegen, einen hohen Stapel mit Bleistiftzeichnungen, die er am Morgen für den Kunstwettbewerb seiner Schule herausgesucht hatte, obwohl erst im Februar Einsendeschluss war.

Bearbeite bitte eine der folgenden drei Aufgaben.

Entwirf ein Plakat für das nächste Schulkonzert.

Schreibe und zeichne einen Comic zum Thema *Wir haben nur diese Welt.*

Gestalte eine Bilderserie zum Thema *Der Mensch in seinen Lebenslagen.*

Und genau das war der Punkt, Aufgabe drei war der Punkt, erstaunlicherweise, denn seit vielen Monaten zeichnete Adrian ausgerechnet das: menschliche Lebenslagen. Genau genommen zwei davon. Seit Monaten brachte er – mit der freundlichen Unterstützung seines Vaters und der Bahn – Lebenslagen aufs Papier, die mit

Glück zu tun hatten und dann noch mit dem Gegenteil davon, auch wenn Adrian nicht genau wusste, was das sein sollte, Unglück bestimmt nicht.

Alles hatte angefangen, als sein Vater im Frühjahr an drei Freitagen hintereinander seinen Wochenendzug verpasst hatte und so wütend und enttäuscht gewesen war, dass er seinen winzigen Fotoapparat herausgeholt und andere Bahnsteigmenschen fotografiert hatte, denen der Zug ebenfalls knapp entronnen war und die sich genauso wütend und enttäuscht umgesehen hatten, wie er sich selbst fühlte.

Adrians Vater.

Er war über zwei Meter groß, und er war auch über zwei Meter breit, zumindest fast, ein Bär von einem Vater, nur wesentlich friedlicher, als es Bären jemals sein konnten. Und am Ende war es genau so: dass die kleine Digitalkamera nichts anderes als seine Seele war, zart und klein und voller Geschichten.

Als sein Vater begonnen hatte, Menschen zu fotografieren, in deren Augen sich noch die abgefahrenen Züge spiegelten, da hatte Adrian beschlossen, genau diese Menschen vom Foto abzuzeichnen. Er war sich nicht ganz sicher, ob das noch Kunst war, immerhin waren die Momente, um die es hier ging, schon mal durch andere Augen gegangen. Aber eigentlich spielte das keine Rolle, *second eye*, ach was, Adrian zeichnete sie trotzdem.

Menschen, die ihre Züge verpasst hatten.

Eine Serie von Adrian Theiß, Bleistift auf Papier.

Später ein Deckblatt auf dem Stapel.

Später, vielleicht: *Für Stella*.

Ach, Schluss, Schluss.

Später war so lange her.

Seitdem arbeiteten sie jedenfalls zusammen, Adrian und sein Vater. Immer wieder brachte ihm sein Vater neue Fotos mit, hielt die silberne Digitalkamera wie einen zerbrechlichen Vogel in seinen gewichtigen Händen und zeigte Adrian aufgeregt, welche Menschen ihren Zug verpasst hatten. Adrian lud sich die Bilder auf seinen Computer und betrachtete jedes Mal lange die Gesichter, wiegte sie in seinem Blick, so wie sein Vater manchmal minutenlang Rotwein in seinem Mund hin und her beförderte, ehe er ihn endlich hinunterschluckte.

Gegen Sommer hin hatten sie die Motive noch in Richtung ausgefallene Klimaanlagen ausgeweitet, wegen denen die Menschen manchmal zwei, drei Stunden auf ihren Zug warten mussten, schimpfend und schwitzend, und nach zwanzigmal Sommerschweiß hatte sein Vater gesagt: Das reicht jetzt, Sohn, ab sofort verordne ich dir zusätzliches Glück! Und seit genau diesem Tag hatte er eben auch noch etwas anderes fotografiert: Bahnsteigmenschen, die sich freuten.

Über jemanden, der sie abholte.

Über jemanden, den sie selbst abholten.

Über jemanden, der ihnen im Zug davonfuhr und sie trotzdem froh machte.

Adrian strich mit der Hand vorsichtig über ein Gesicht, das ganz oben lag, eine Frau, die jemanden ansah und nur mit den Augen lächelte, los jetzt, gestalte eine Bilderserie zum Thema *Der Mensch in seinen Lebenslagen*.

Stella.

Sie kannte jedes einzelne Bild, er hatte ihr alle gezeigt, und manchmal hatte sie ihn mit sicherlich gespieltem Ernst angeschaut und mit sicherlich echtem Stolz gesagt:

Einsneunzig, weiter so, du wirst mal ein ganz Großer! Hoch sollst du leben!

Wenn die Dinge so gewesen wären, wie sie hätten sein sollen, dann hätte sich Stella gefreut: über den Wettbewerb, über das passende Thema, über alles, und – dann?

Dann ein Anflug, ein Blitz, jetzt, hier an diesem Schreibtisch, denn da war sie wieder, diese aufdringliche Erinnerung, die hier nichts mehr verloren hatte und einfach trotzdem auftauchte. Für ein paar Minuten hatte sich Adrians Vater davorgeschoben und das, was war, mit all seiner bärigen Fülle verdeckt. Adrian war ruhig geworden, als er an seinen Vater und die Bilder gedacht hatte, das merkte er erst jetzt. Aber vergebens, hundertmal vergebens, die Erinnerung merkte sich jeden, den sie einmal auf dem Kieker hatte. Adrian saß da und schlug mit der Faust aufs Papier, *drei-mal hoch!*, schlug auf eines der ohnehin schon entsetzten Gesichter, und es tat ihm gleich leid, nein, dachte er und strich das Papier glatt.

Und besser wurde überhaupt nichts, doch Adrian wusste, was er noch tun konnte. Ganz unten, unter all den verpassten Zügen und nicht verpassten Menschen, lag ja noch etwas, Stellas Hände lagen da, Stellas Füße, und nicht weinen jetzt! Er zog die Zeichnungen unter den anderen hervor, Hände sah er, zu Fäusten geballt, schmale Hände mit Daumen, die unter Zeigefinger geklemmt waren, er sah Mittelfingerkuppen, die Daumenkuppen berührten, zarte Finger mit kurz geschnittenen Nägeln, Füße sah er, schmale Füße mit verrutschten

Socken, im Sommer nackte Fersen und Ballen, die Zehen aneinandergelehnt wie tuschelnde alte Marktweiber, und immer noch nicht weinen, nicht an Stella denken, wie sie unter dem Schreibtisch hockte, sie hatte das ewig nicht getan.

Und da, auf einmal, dieses Heiße, Bittere, das er schon vorhin im Dreitotenhaus gefühlt hatte, plötzlich diese Wut, die jetzt endgültig zurückgekehrt war, Wut auf sich und Stella und jeden, der sonst noch so im Angebot war.

Adrian nahm einen nackten Sommerfuß, Bleistift: weich und dunkel, er nahm den Fuß und zerriss ihn ruhig von oben nach unten, der Riss schwankte und fiel nach rechts, dann noch ein Fuß, mit Socke diesmal, Füße und Füße und Hände, alle zerriss er, und er wurde besser, die Risse wurden gerader, mutiger, und die halbierten Füße und Hände warf er irgendwohin, ha!, dachte Adrian, wenn Stella neue brauchte, dann sollte doch der Schnösel welche zeichnen! Hände und Füße und Hände und Füße, und als er damit fertig war, machte er mit den frohen Gesichtern weiter, alles war besser als zu weinen, und er hatte bestimmt zwanzig dieser Zeichnungen geschafft, als er an der Tür das unsichere Klopfen seiner Mutter hörte. Er ließ das Lächeln, das er als nächstes zerreißen wollte, auf den Schreibtisch sinken und dachte schwach und entschieden: nein.

Es war klar, dass sie trotzdem ins Zimmer kommen würde, und da stand sie dann auch, groß und mit blondlichen Strähnen und einem leicht gekrümmten Rücken, der sogar von vorn zu erkennen war. Sie stand da mit schnurgeraden Armen, hatte sich ein kariertes Küchentuch als Schürze in die Hose gesteckt, und kalt wehte es durch die offene Zimmertür herein. Nie zuvor hatte Adrian die Brille seiner Mutter hässlicher gefunden als in diesem Moment, nie hatte Adrian die Worte seiner Mutter schrecklicher gefunden als in diesem, diesem Augenblick, denn sie sagte das genau Falsche, sie sagte ausgerechnet:

Du bist ja ganz nass im Gesicht. Hast du geweint?

Und Adrian sah seine angstgesichtige Mutter einige Sekunden lang einfach nur an, stand von seinem Schreibtischstuhl auf und ging mit zwei Schritten auf sie zu.

Zog die Nase hoch, hoch.

Atmete aus.

Atmete wieder ein.

Und dann schrie er.

KAPITEL 9

Damals, in der Zeit der großwüchsigen Dinge, hatte Stella nicht genau sagen können, wie sich der größte Lärm der Welt anhört: wie ein Müllwagen morgens um sieben, wie schunkelnde Kirchenglocken morgens um sechs oder wie der Duschgesang der gefälschten Schwester.

Wie das Niesen der Misses?

Ein Flugzeugtriebwerk?

Kein einziges Mal hatte sich Stella für irgendwas davon entscheiden können, dabei hätte sie einfach warten müssen, ein paar Wochen nur, Ewigkeiten. Denn dann wäre ihr der größte, der großwüchsigste Lärm aller Zeiten zu Ohren gekommen.

Adrian hatte selbst nicht gewusst, dass er so viel Lautes in sich trug, so viel Gebrüll. Er hatte nicht geahnt, dass er sich selbst laut aufdrehen konnte bis zum Anschlag, und auch seine Mutter sah so aus, als hätte sie ihrem Sohn immer nur ein paar kümmerliche Dezibel zugetraut, ein Kühlschrankbrummen, das Flüstern einer Zuschauerin in der zweiten Reihe des Theaters. Adrian konnte genau sehen, wie der Schock in seine Mutter kroch, wie sie innerhalb von Sekunden zu bleichem Schnee wurde und sich nicht die Ohren, sondern das Herz zuhielt.

Das Herz.

Und Adrian wusste, dass ihm so etwas wehtun müsste.

Die Mutter, die ihr Herz schützte vor dem eigenen Sohn.

Es hätte ihm etwas ausmachen müssen, seine Mutter so zu sehen, es wäre seine Pflicht gewesen oder irgendwas in der Art. In Wahrheit war es ihm egal, er brüllte und brüllte:

Hau ab, hau doch ab, ich weine nicht, verstanden?

Jede einzelne Silbe dehnte er geräuschvoll aus und machte dazwischen winzige Pausen, hau … end … lich … ab!

Die Augen waren ihm übergequollen, die Kehle loderte mit roten Nadeln, hau ab, raus hier, ich weine nicht, ich …

Adrian!

Es war ein schwacher mütterlicher Versuch, den aufgebrachten Sohn rückgängig zu machen, Adrian!, rief seine Mutter laut, aber weil ihre Stimme dabei zitterte, klang es eher wie ein stilles Beben.

A-dri-jan!

Und Adrian machte einfach weiter, er brüllte, brüllte, fühlte Rinnsale auf seinen Wangen und ansonsten wenig Warmes, zumindest nichts, was für seine Mutter bestimmt gewesen wäre, er schrie:

Ich weine nicht, kapier das doch endlich!

Die Augen seiner Mutter füllten sich mit flüssigem Entsetzen, ihr Mund war zu einer vergebens strengen Linie gepresst, drum herum bleiche Haut. Und Adrian brüllte weiter, aber er weinte nicht, *weinte nicht*, von wegen, er schrie nur, schrie sich Stella aus dem Leib und

Dato und seine eigene Mutter und sich selbst. Und weil er schon mal dabei war, schrie er gleich noch:

Und deine blöde Hormontherapie will ich auch nicht, lass mich in Ruhe damit, klar? Lass mich bloß in Ruhe!

Adrians Mutter sah zur Seite, irgendwohin, sie atmete schnell und abwesend, ging dann leicht schwankend zur Treppe und setzte sich auf eine Stufe.

Blickte ins Leere und nickte wie eine Marionette.

Und das war noch schlimmer als das zugehaltene Herz, schrecklicher als ihr gewohnt ängstlicher Blick. Adrian wurde auf der Stelle stumm, und dann starrten sie einander an, er und seine immer noch nickende Mutter, deren stummes, verheultes Schweigen so schwer im Treppenhaus hing, dass Adrian nicht mehr stehen konnte und sich auch auf die Treppe setzte, direkt neben seine Mutter. Die nickte noch eine Weile und sagte dann mit ausgelaugter Stimme:

Ich weiß nicht, was mit dir los ist. Aber das hier, das geht zu weit.

Bei *das hier* hatte sie schwach auf Adrians geöffnete Zimmertür gezeigt, als würde er dort immer noch stehen, und als sie ihre kleine, verständnislose Ansprache beendet hatte, ging ihr Nicken in ein Kopfschütteln über, aber auch das sah wie ein Nicken aus, nur waagerecht. Adrian saß da, außer Atem, außer Sprache, er schwieg einfach, weil es nichts mehr zu brüllen gab und schon lange nichts mehr zu antworten. Seine Mutter sah ihn an, und er konnte ihn genau erkennen, da war er wieder: ihr Hormonblick.

Sie sagte leise und unecht:

Das von eben, das vergessen wir. Aber die Zeit rennt uns davon. Dein vierzehntes Lebensjahr, das ist längst vorbei. Später hat die Therapie keinen Sinn mehr. Versteh doch. Jetzt bist du schon vierzehn. Seit zwei Monaten.

Adrian war kurz davor, wieder laut zu werden, beinahe brüllte er:

Verdammt noch mal, ich will nicht!

Und beinahe passierte ihm ein blödes Schluchzen mit laufender Nase, aber dann blieb es doch aus, das Brüllen und das Schluchzen, und was er tat, war nur das: an etwas Großwüchsiges denken, irgendetwas, das ihm Stella einmal genannt hatte, *höchster Schornstein der Welt: Kamin eines Kohlekraftwerks in Kasachstan,* wie hoch war der noch mal? Es beruhigte Adrian, daran zu denken, auch wenn Kasachstan bestimmt nicht weit weg war von Georgien.

Weißt du, wie das damals in der Schule für mich war?, machte seine Mutter weiter, und man musste sie nur kurz ansehen, um zu kapieren, dass sie das von eben auf keinen Fall vergessen hatte.

Weißt du, wie ich in allen Sommerferien gehofft habe, dass die anderen ein, zwei Köpfe wachsen und mich im neuen Schuljahr überragen? Hab ich dir erzählt, dass die andern stattdessen geschrumpft sind und in den Ferien nur eine gewachsen ist?

Ja, dachte Adrian, ungefähr tausendmal hast du das erzählt. Und die eine, die warst übrigens du.

Die eine, die war übrigens ich, zitterte Adrians Mutter und schnäuzte sich kurz in ein zerfleddertes Papiertaschentuch. Obwohl ich jeden Abend gebetet habe. Gott!, hab ich gebetet. Wenn du so groß bist, wie alle sagen, dann mach was. Wenn du schon so groß bist, dann mach mich bitte kleiner.

Adrian biss sich auf die Lippe, er brodelte und wütete mundfaul und schwieg weiter, *größte Schlange der Welt: Anakonda, über neun Meter lang*.

Ich hätte mich so gefreut, sagte seine Mutter, wenn es das damals schon gegeben hätte. Die Therapie und alles. Wenn so was früher schon möglich gewesen wäre. Dann hätte ich gedacht, bald sagt keiner mehr Bohnenstange. Bald lässt mich niemand mehr in der Tanzstunde stehen.

Seine Mutter sah immer noch reparaturbedürftig aus, und bestimmt sagte sie das alles nur, um das andere zu übertönen, die Erinnerung an das Brüllen und das Lassmichinruhe. Am liebsten wäre Adrian aufgesprungen und davongerannt, *längster Fluss der Welt: Nil, fast siebentausend Kilometer lang*, am liebsten hätte er …

Ich musste Sachen anziehen, fuhr seine Mutter streng und weinerlich fort, in denen sah ich aus wie meine eigene Oma. In meiner Größe gab's ja nichts. Und immer nur Männerschuhe, ständig diese klobigen Schuhe.

Hör auf, dachte Adrian wild und geräuschvoll, und es war ein Wunder, dass sich seine Mutter nicht wieder das Herz zuhielt, sondern einfach nur auf der Treppe saß und die Finger ihrer rechten Hand in das zerknüllte Taschentuch krallte.

Adrian blickte nach vorn und konnte seine Mutter im Flurspiegel gegenüber sehen, sie und sich selbst, streifenfrei und ordentlich gerahmt, *größte benutzte Schuhgröße der Welt: achtundfünfzig*. Und wenn Adrian nicht so wütend gewesen wäre, er hätte gelacht über dieses Synchronsitzen, das der Flurspiegel preisgab: zweimal zwei zusammengepresste Knie, zweimal zwei auseinanderstrebende Schienbeine und Füße, zweimal zwei hochgezogene Schultern. Nur die Gesichter über den Schultern sahen einander nicht ähnlich, links das viel zu bekannte Muttergesicht, rechts sein eigenes Kindergesicht, das viel jünger aussah als der Körper, auf dem es thronte. Rechts im Bild: seine braunen, lange nicht geschnittenen Haare, seine Augenbrauen, die etwas zu dick waren, sein dünner Hals.

Das Spiegelbild von Adrians Mutter sprach weiter, und er konnte nicht sagen, ob es zwischendurch geschwiegen hatte, aber jetzt, jetzt sagte es:

Nervt dich das nicht? Immer dieses *Spielst du Basketball?* Geht dir das nicht auf die Nerven?

Dieser Idiot von Dato nervt mich, dachte Adrian. Und wenn du's genau wissen willst, du nervst mich auch, die ganze Welt nervt mich, dieser blöde Winter und dieser gottverdammte Weihnachtsmist, deine beschissene Hormontherapie nervt mich, verstehst du? Ich hab schon genug männliche Hormone, mit denen ich mich rumschlagen muss, kapierst du das? Alles, alles nervt mich, und zum Schluss schwieg er noch hinzu: *höchster langer Lulatsch der Welt: Einsneunzig, einen Meter vierundneunzig groß.*

Adrian!, sagte seine Mutter.

Ich bitte dich.

Sag was!

Ihre Stimme war so ungewohnt energisch, dass sich Adrian abrupt von seiner gespiegelten Mutter abwandte und in die flehenden Augen des Originals blickte, er verstand überhaupt nichts mehr, und nie, nie zuvor hatte das Gesprächsthema weniger gepasst als jetzt. Es konnte gar nicht anders sein, ja, diese ganzen Hormonsätze seiner Mutter waren nur eine besonders wortreiche Art, ihrem Sohn zu sagen, dass sie nicht mehr weiterwusste, hier, jetzt, in diesem unterkühlten Treppenhaus.

Und Adrian fing zu reden an, das erste Mal seit dem Brüllen und dem Schweigen, vorsichtig sagte er:

Stella.

Ihr ist meine Größe egal.

Und noch während er das behauptete, irgendwo zwischen *Stella* und *Größe*, kamen diese Zweifel, gnadenlos plötzlich fielen sie ihn an, und zum allerersten Mal in seinem Leben dachte Adrian, dass es also doch so war: dass Stella ihn übersah, weil er so groß war, und dass hinter jedem ihrer Worte immer auch die Frage versteckt war:

Haben Sie den nicht auch in einer anderen Größe?

Und gut möglich, dass das Leuchten in Stellas Augen die ganze Zeit nur die lichtblaue Hoffnung war, dass endlich irgendjemand antwortete:

Ja, warten Sie, ich schau mal hinten im Lager nach.

Adrian hatte sich das anders vorgestellt. Die gewaltigen Erkenntnisse, hatte er immer geglaubt, kämen auf dem wackeligen Gipfel eines unbezwingbaren Berges oder wenigstens am Ufer eines nächtlichen Meeres, aber auf keinen, auf gar keinen Fall auf einer kalten Treppenstufe neben einer erhitzten Mutter. Und es konnte gut sein, dass es manchmal schon reichte, die Dinge laut auszusprechen, um sie zu begreifen. Oder um zu kapieren, dass sie nicht stimmten.

Stella ist deine Größe egal?, fragte Adrians Mutter. Ja, sicher. Aber die hat ja jetzt …

Hatte er ihren Vortrag einfach nur fürchterlich gefunden, dann waren ihre letzten paar Worte wie Ohrfeigen, nicht nur für Adrian, sondern, wie es aussah, auch für sie selbst. Denn mitten im Satz hielt sie sich erschrocken die Hände vors Gesicht, als würde es ihr tatsächlich leidtun, dass ihr gerade der Mund ausgerutscht war.

Und Adrian fragte schwach:

Was, *was* hat sie ja jetzt?

Erschrocken sah ihn seine Mutter an und berührte ihn leicht am Oberarm. Adrian schüttelte ihre Berührung ab, aber seine Mutter schüttelte das Abschütteln ab und sagte leise:

Verzeih.

Adrian tat, als hätte eine Taubheit seine Ohren befallen, und wiederholte monoton:

Was hat sie jetzt?

Seine Mutter winkte ab:

Eigentlich überhaupt nichts. Nichts, verstehst du? Die beiden, Stella und der Junge, die sind wohl in derselben Schule. Das muss die Mutter sein, die ihn abholt und Stella gleich mitnimmt, hab sie ein paarmal aussteigen sehen. Verzeih bitte. Adrian, bitte. Ich weiß, was sie dir bedeu…

Gar nichts weißt du!

Adrian spürte, wie er laut wurde, er bebte und wusste nicht, wie er sich wieder zum Schweigen bringen konnte. Noch einmal fuhr er seine Mutter an:

Gar nichts weißt du, gar nichts! Stella und dieser Idiot, die kümmern mich einen Dreck. Mir doch egal. Und wenn sie jeden Tag eine Kreuzfahrt zusammen machen oder zum Mond fliegen, was soll's, interessiert das irgendwen? Ich kann mich nicht den ganzen Tag mit irgendwelchen Nachbarinnen beschäftigen. So ein Quatsch, Stella kann doch machen, was sie will.

Adrian war im Laufe der Worte immer leiser geworden, und während er sich müde ereifert hatte, war sein Kopf langsam nach unten gesunken und hing jetzt zwischen den auseinandergefallenen Knien. Weiter oben krümmte sich Adrians Rücken, die Arme hatten aufgegeben und reichten bis zum Boden, das Leben, es hatte sich ein für alle Mal erledigt.

Seine Mutter blieb noch eine Weile neben ihm sitzen, von weiter oben war ihr Atmen zu hören, und der Kopf zwischen Adrians Knien und sein gekrümmtes Herz – sie beide wussten genau, was Sache war, sie kannten die einzige Wahrheit, die es hier zu kennen gab.

Adrian.

Er war allein und allein und allein.

Seine Mutter stieß einen beschwerten Seufzer aus und Adrian merkte, wie sie langsam aufstand und in Richtung Küche ging. Dann blieb sie stehen, drehte sich um und sagte:

Warum ich geklopft habe. Helene war hier. Vorhin, als du weg warst. Sie wollte wissen, wann sie vorbeikommen kann. Du wüsstest schon.

Adrian versuchte gar nicht erst, sich aufzurichten, kopfunter keuchte er:

Ich will aber nicht!

Ja, sagte seine Mutter. Ich soll dir ausrichten, sie kommt trotzdem.

Mit diesen Worten, die immer noch zittrig und klein waren, verschwand sie in der Küche, und Adrian verspürte nicht die geringste Kraft, ihr hinterherzurufen:

Blödsinn, Schwachsinn, alles falsch! Helene, so weit

kommt's noch, den Namen kannst du gleich wieder vergessen. Helene! Helene!

Adrian hatte noch nicht mal die Kraft, abschließend zu sagen:

Sie heißt Misses Elderly, ist das klar?

KAPITEL 10

Misses Elderly kam trotzdem.

Es kostete sie mindestens fünf Versuche, bis sie sich in Adrians gelben Sessel fallen lassen und so tun konnte, als wäre sie einfach nur in der Nähe gewesen und hätte spontan Lust gehabt, bei Adrian vorbeizuschauen. Was ausgemachter Unsinn war, denn die Misses befand sich gewissermaßen pausenlos in der Nähe, und Adrian machte keine Anstalten, ihr auch nur ein halbes Wort zu glauben.

Die Misses rückte aber ziemlich schnell mit der Wahrheit heraus und sagte:

Du weißt, warum ich hier bin. Ein Porträt wolltest du, erinnerst du dich?

Ich zeichne nicht. Interessiert mich nicht mehr. Du kannst wieder gehen, tschüs.

Der Misses mussten die hingemetzelten Zeichnungen in Adrians Zimmer aufgefallen sein, der ganze Boden war mit Papierfetzen bedeckt, da war nichts Teppichfarbenes mehr, überall nur Weiß und Grau, fast Schnee.

Trotzdem schien Misses Elderly nicht im Traum daran zu denken, den Sessel, mit dem sie schon nach Sekunden verwachsen war, wieder zu verlassen. Sie blieb sitzen und bohrte ihren Blick in den von Adrian. Und da war es wieder, völlig klar, die Augen der Misses hatten schon immer alles verstanden, und das war manchmal eine gute und meistens eine fürchterliche Angewohnheit.

Vor allem, wenn man gar nicht verstanden werden wollte.

Adrian wusste, was Misses Elderly in seinem Blick las, er spürte, wie sie ihm alles aus den Augen zog: die Dunkelheit der letzten Wochen, den Zorn und all das Adriansein, die Wutanfälle und dann auch noch das wochenlange Schweigen, das mindestens genauso laut gewesen war.

In der Schule hatten ihm Sprüche zugesetzt, die er früher einfach überhört hatte. Das Lachen der anderen über die jämmerliche Figur, die er beim Hochsprung abgab, ausgerechnet er. Das Flüstern im Klassenzimmer, das jedem anderen gelten konnte, aber das er immer sofort auf sich bezogen hatte.

Er hatte die wenigen Freunde aus seiner Klasse mit mürrischen Bemerkungen in weite Ferne geschoben und zwei Tests vergeigt, indem er leere Blätter abgegeben hatte. Zu Hause hatte er ziemlich viele frohe Gesichter zerrissen und sogar seinen ureigenen Vater angeschrien, während er an seiner Mutter immer nur wortlos vorbeigestampft war. Er hatte Türen zugeknallt und wenig gegessen und mindestens drei städtische Weihnachtsdekorationen zerstört, kleinere nur, verstecktere, aber immerhin, und irgendwo rief jemand: Einsneunzig!, aber es kümmerte ihn nicht, und er sah sich an den Nachmittagen in der geflockten Dämmerung stehen, in der Nähe der Straße, an der sich die Eingänge von Stellas und Datos Häusern befanden. Immer wieder war er dort gestrandet und hatte gelauert und dann gesehen, wie sie aus dem alten VW ausstiegen: der stolzgeschwellte Schnösel und Tamar und schließlich Stella, die sich immer die Hände rieb, so als würde sie die Kälte tatsächlich noch überraschen.

Stellas Hände.

Weit weg.

Vergangen.

Und ein einziges Mal hatte Stella Adrian sogar bemerkt. Sie war stehen geblieben und hatte ihm einen Blick zugeworfen, den er nicht verstehen konnte, also war er sich sicher, dass es ein vernichtender Blick war. Und genau das war Adrian ja auch: von oben bis unten vernichtet, erst in der Brust, dann in seinem flackernden Bauch und am Ende in seinen Beinen, die mürber und mürber wurden.

Einsneunzig!, rief die Misses, sie schrie es fast.

Einsneunzig! Lebst du noch? Soll ich bei Gehringers anrufen?

Gehringers waren die führenden Bestatter im Ort, ein alter Kauz nebst einem Haufen todernster Söhne, und nein, sie sollte da nicht anrufen.

Nein!, sagte Adrian. So alt bist du nun auch wieder nicht. Außerdem kommen die schon von selber, keine Angst.

Die Misses verzog keine Miene, aber Adrian sah, dass sich ihre Augen verändert hatten, ihr Blick kicherte tonlos, ihr Mund sagte:

Wie auch immer. Ich bin hier, um dir einen Deal vorzuschlagen. Es wird Zeit, dass ich mal ein Geheimnis entlasse. Bist du bereit?

Lass deine Geheimnisse stecken, mir ist sowieso alles egal. Außerdem bist du viel zu alt, um *Deal* zu sagen.

Diesmal zog Misses Elderly eine schwer zu übersetzende Grimasse, etwas Abschätziges lag darin, Mitleid. Adrian wusste, dass sie es noch nie gemocht hatte, wenn man schon mal benutzte Beleidigungen in so kurzer Zeit wiederholte. Wenn man sich auf ihnen ausruhte.

Aber *dieses* Geheimnis dürfte dich interessieren, krächzte sie. Also. Der Deal ist: Du zeichnest mich, und ich gebe dir das Geheimnis dafür.

Ich kann gar nicht zeichnen, ist alles dilettantisch, brummte Adrian.

Mach dich nicht kleiner, als du bist, Einsneunzig.

Jetzt war es Adrian, der die Misses mitleidig ansah. Das war ein uralter Witz, den sie sich mit Stella teilte, er lachte schon seit Wochen nicht mehr darüber.

Okay, also noch mal, sagte Adrian. Ich zeichne nicht mehr.

Und verdammt, das war die Wahrheit. Das Einzige, was Adrian noch mit Zeichnungen am Hut hatte, war, sie eine nach der andern zu zerreißen. Außerdem war das Porträt von der Misses sowieso nur ein Vorwand gewesen. Adrian hatte vorgehabt, sie alle zu zeichnen: seine Eltern, Stellas Mutter, Veit und sogar die gefälschte Schwester, nur um zum Schluss Stella zu fragen, ob sie nicht bitte auch noch, ganz kurz nur, geht wirklich schnell, ehrlich. Ein Freifahrtschein wäre das gewesen, die Erlaubnis, Stella eine halbe Stunde lang einfach nur ins Gesicht zu sehen. Und stopp. Vorbei.

Die Misses schwieg jetzt.

Adrian schwieg jetzt.

Zweimal Indianerblick, ineinander verhakt, ein angestrengter Augentanz, den ihre Blicke da wagten, der letzte Mohikaner und der vorletzte, Blick und Blick und ein ganzes Schweigen.

Aber dann, als bestimmt schon fünf Minuten vergangen waren, tat Misses Elderly etwas wenig Indianerhaftes. Sie bewegte dafür keinen Finger, drehte ihren Kopf nicht zur Seite, noch nicht mal ihr Brustkorb hob und senkte sich, obwohl sie eventuell trotzdem atmete. Und doch tat die Misses etwas, das alles veränderte.

Sie begann zu schielen.

Ohne jede Anstrengung bewegte sich ihr Blick von beiden Seiten in Richtung Nase und blieb dort mit der Ausdauer eines internationalen Rekordhalters im Luftanhalten. Meisterhaft hielt sie ihren Blick an, während der Rest der Misses so tat, als hätte sie nie gewöhnlicher ausgesehen. Und da, zum ersten Mal seit Wochen, lachte Adrian ein kleines Lachen, ein leises Lachen, nicht bitter und nicht wund. Und zum ersten Mal seit Wochen wurde es wärmer in Adrians Körper, er konnte gar nichts dagegen tun, so deutlich war es zu spüren.

Das gute, kurze Glühen, wenn jemand etwas für einen tat.

Wenn jemand extra für einen schielte.

Und als die Misses nach einer Weile immer noch nicht mit den Augen zuckte und höchstens andeutungsweise Däumchen drehte, seufzte Adrian:

Also gut. In welche Richtung geht das Geheimnis, das du mir schenken willst? Nur so ungefähr, meine ich.

Richtung Misses Elderly, sagte Misses Elderly. Richtung Engländer. Und von Schenken war nie die Rede.

Wovon dann?, fragte Adrian.

Du zeichnest mich. Wenn mein Porträt fertig ist, fang ich an zu erzählen. Also los jetzt!

Adrian seufzte noch einmal so genervt wie möglich, damit die Misses nicht etwa glaubte, dass er das hier freiwillig tat. Dann kämpfte er sich über den Schnipselboden, kniete sich hin und zog unter einem Papierhaufen seinen Skizzenblock hervor.

Aber halt still!, sagte er zu Misses Elderly, die mittlerweile nicht mehr schielte.

Keine falsche Bewegung!

Und dann begann er zu zeichnen. Halbherzig maß er das Gesicht der Misses mit dem Bleistift aus, schraffierte zu früh, setzte die Schatten falsch und die Falten, zeichnete die Stirn zu niedrig und die Nase zu lang, verpatzte den Leberfleck der Misses rechts über ihrem Mund und fing die Augen einer Fremden ein, nicht aber den blank polierten Blick von Stellas Großmutter. Und als das Bild fertig war, merkte Adrian, dass ihm auch *das* von nun an aus dem Weg ging: das Zeichnenkönnen, das Letzte, was noch gut an ihm gewesen war. In seinen Händen hielt er den Block mit dem hundsmiserablen Porträt, und er riss es schnell heraus und reichte es stumm der Misses, darauf gefasst, es um die Ohren gehauen zu bekommen.

Aber Misses Elderly ließ das Blatt auf ihre Oberschenkel sinken, ohne es auch nur eines einzigen Blickes zu würdigen. Sie schien zu zittern jetzt, ballte die Hände zu Fäusten, trug zwei frische Schatten unter den Augen und sagte:

Gut. Dann fang ich jetzt an.

KAPITEL
11

Damals hatten sie Angst um die Misses gehabt.

Stella und Adrian waren sechs kümmerliche Jahre alt gewesen, jeder für sich, und sie hatten trotzdem schon begriffen, dass ein Mensch hinter einer verschlossenen Tür kleiner und kleiner werden konnte, um irgendwann, in eine Vanillerauchwolke gehüllt, vielleicht ganz zu verschwinden. Und es war das Erste, was sie gemeinsam besessen hatten wie einen kostbaren, aber viel zu schweren Schatz: die geheime Lebensrettung von Misses Elderly, die damals einfach nur Helene geheißen hatte.

Adrian hatte nichts als kleine, verwaschene Erinnerungen an diese Zeit, ein paar Farben, Momente, die Anwesenheit von Angst und von Stella Maraun. Er sah sich und Stella an die Tür der Misses klopfen, zehn Minuten am Stück; er sah sich Bilder malen und unter genau dieser Tür hindurchschieben, Monster und tröstende Autos; er sah sich mit Stella vor der Tür sitzen und Witze erzählen, damit die Misses heimlich lachen konnte.

Und er wusste noch genau, wie still es in ihrem Zimmer gewesen war und dass sich ihre Tür in dieser langen Zeit überhaupt nicht bewegt hatte, er wusste noch, wie Stellas Mutter sich manchmal mit roten Augen zu ihnen gesellt und ein paar schwachfingrige Klopfversuche gestartet hatte. Von ihr hatten sie damals auch gewusst, dass es um einen verlorenen Engländer ging, auch wenn sie nie sagen wollte, woher sie das wusste.

Die Misses war dann unendlich lange im Verborgenen geblieben und bestimmt immer nur dann ins Bad oder in die Küche geschlichen, wenn gerade niemand Wache hielt. Und eines Tages, als schon niemand mehr damit gerechnet hatte, dass im uneinnehmbaren Zimmer noch geatmet wurde, eines Tages wurde von innen der Schlüssel umgedreht, die Tür geöffnet und eine Stimme benutzt, die eindeutig sagte:

Worauf wartet ihr noch, hopphopp, auf zur Schaukel! Höchste Zeit für ein paar traurige Geschichten. Und übrigens heiße ich von nun an immer nur Misses Elderly, könnt ihr euch das merken?

Das war viele Jahre und unzählige Zentimeter her, mehr als ein halbes Adrianleben. Er sah die Misses an, die seither viel älter geworden war und mit den Worten zu ringen schien, sie saß da und hatte offenbar keine Ahnung, wie das gehen sollte: ein Geheimnis hergeben. Und als Adrian fragen wollte, was sie denn nun erzählen wolle, sagte Misses Elderly leise:

Ich hab nie darüber geredet, weil es so entsetzlich banal war. Du kannst dir nicht vorstellen, wie banal das damals war. Entsetzlicher Durchschnitt, absolut gewöhnlich.

Jetzt fang doch endlich an, drängelte Adrian und musste auf einmal an diesen Dato denken, der bestimmt noch nie jemanden gerettet hatte, der noch nie jemanden vor dem Verschwinden bewahrt hatte, erst recht nicht zusammen mit Stella.

Also gut, also gut, also gut. Ich hatte, sagte Misses Elderly, eine ganz gewöhnliche Affäre im Landratsamt. Mit einem streng verheirateten Engländer.

Adrian mochte es nicht, dass die Misses *Affäre* gesagt hatte, es war ihm peinlich, das Wort von einer alten Frau zu hören, rote Haare hin oder her.

Aber die Misses redete weiter, und Adrian hörte weiter zu.

Er war Pförtner bei uns, David Turpin, er war jahrelang der Erste gewesen, den ich morgens im Amt gesehen hatte. Mein Mann war lange tot, mein Liebesleben sowieso, und Stella war noch nicht auf der Welt.

Adrian zuckte zusammen, als er das hörte.

Stella war noch nicht auf der Welt.

Er wusste, wie sich das anfühlte.

Wenn Stella nicht da war.

Es war auf einer dieser Betriebsfeiern, fuhr Misses Elderly fort. Du kannst dir vorstellen, wie aufregend so was ist. Ich sag nur: Landratsamt.

Sie lächelte ein Halblächeln und sagte dann:

Der Engländer war auch da. Ich dachte damals, natürlich, ja, das muss so sein. War ja immer da, der Engländer.

Nur dass er eben nicht *Guten Morgen, Frau Maraun* sagte unten am Eingang, sondern: *Kommen Sie, trink mal eine Schlückchen mit mir.*

Ich meine. Der war schon seit einer Ewigkeit im Lande gewesen, vorher bei der Armee, leichte Büroarbeit, und dann, als die Armee abgezogen wurde, Pförtner im Amt. Seine Frau hatte da was gedreht, Kollegin aus der zweiten Etage, lange her das alles. Der war also schon seit einer Ewigkeit im Lande und sagte ungelogen: Kommen Sie, trink mal eine Schlückchen mit mir.

Und was hast du gesagt?, fragte Adrian.

Das, was ich immer sage, wenn sich Männer anpirschen: *Ich bin eine ältere Frau und verheiratet.* Siehst du, dafür war er noch gut, mein Ehering. Und diese Schlückchen, ach, die hatte ich damals schon lange nicht mehr getrunken.

Und dann?

Dann hat er angefangen, mich ins Englische zu übersetzen. Misses Elderly, hat er gesagt. Aber für ein Tänzchen gibt es noch Kraft?

Seine Frau war an diesem Abend nicht da, und es ist dann ein langes Tänzchen geworden, Jahre hat das gedauert, und eines Tages hat er beschlossen, dass er wieder der Pförtner für mich sein will und nichts anderes. Der hatte Angst vor seiner Frau, das war die reinste Angst. Dem graute davor, dass irgendwas anders wird in seinem Leben Nummer eins, wenn jemand was von Leben Nummer zwei merkt. Weißt du, was er zum Schluss gesagt hat? *Meine Misses, jetzt bist du wieder deine eigene Angelegenheit!* Verstehst du, er hat sich nicht mal die Mühe gemacht, einen Fehler einzubauen in diesen gottverfluchten Satz. Ein Fehler hätte geholfen. Ein falscher Artikel, irgendwas.

Na, papperlapapp, seitdem muss ich diesen Satz mit mir rumtragen. Der hat wie ein Messer in meinem Rücken gesteckt. Der steckt da immer noch, solche Sätze verwachsen irgendwann mit einem, und dann kommt neue Haut drauf, und irgendwann hat man sich daran gewöhnt.

Die Misses stieß einen lauten Seufzer aus, das, was sie gesagt hatte, schien sie erschöpft zu haben.

Und diese Frau, was war das für eine?, fragte Adrian eher aus Höflichkeit, er merkte, wie ihn die Sache mehr und mehr langweilte. Sie erinnerte ihn an die Vorabendkrimis, die er sich früher mit Stella angesehen hatte.

Das weiß ich nicht! Misses Elderly zuckte mit den Achseln.

Ich hatte sie nur ein paarmal flüchtig gesehen, das Amt ist riesig, weißt du. Die hatte irgendwas im großen Stil angestellt, falsche Dokumente, Geld genommen, da kam wohl eine Menge zusammen. Das hatte er mir verraten. Ich hätte sie damals nur anzeigen müssen, und schon hätte Leben Nummer eins ganz automatisch einen Sprung bekommen. Kein Engländer dieser Welt hätte mich dann noch verlassen müssen, das wäre gar nicht mehr nötig gewesen.

Aber wir dachten alle, dass er … also … dass er … gestorben ist, sagte Adrian.

Erst mal ist er am Leben geblieben. Damals wart ihr noch klein. Du hast noch gar nicht hier gewohnt. Gestorben ist er nachträglich, ein paar Jahre später, als es schon längst nicht mehr meine Geschichte war. Niemand hat begriffen, warum ich mich so angestellt habe. Nur ihr habt das. Vielleicht, weil ihr nie wissen wolltet, was mit mir los war.

Was denn, was war denn mit dir los?

Nun ja. Ich hab am Frühstückstisch gesessen wie jeden Morgen, Tee, zwei Zigaretten, nichts Besonderes. Die Zeitung lag da, auch nichts Besonderes, und ich hab geblättert, aber eigentlich nur, um meine linke Hand zu bewegen. Und da stand es dann, *unfassbar* stand da, *plötzlich von uns gegangen* stand da, *David Turpin*. Die Todesanzeige eines fortgegangenen Engländers. Die Nachricht, dass er endgültig nicht mehr einzuholen war. Und spätestens da hab ich das verstanden. Eine Binsenweisheit. Der andere ist erst weg, wenn er tot ist. Vorher nicht. Vorher ist er noch da.

Misses Elderly, die die ganze Zeit nach unten geblickt hatte, sah zu Adrian und sagte:

Merk dir das. Lies nie die Todesanzeigen in der Zeitung. Dann bleiben sie am Leben, all die Menschen, die mal dir gehört haben.

Keine Sorge, ich lese überhaupt keine Zeitung, versicherte ihr Adrian.

Aber Misses Elderly schien das gar nicht zu interessieren, sie sah wieder nach unten und sagte:

Ich habe dann einfach meine Zigarette ausgedrückt, bin aufgestanden und in mein Zimmer gegangen. Ich habe die Tür zugemacht, den Schlüssel herumgedreht und dann wochenlang nur dagesessen und …

… und geweint, sagte Adrian.

Nein! Die Misses fuhr hoch. Nein! Keine einzige Träne habe ich in diesem Zimmer vergossen. Geweint habe ich erst später, mit euch und den Märchen. Das ist es ja, was Andersen bedeutet. Man darf endlich weinen. Und vorher, da geht man durch die Dunkelheit.

Aber ihr wart doch …

Ja, Einsneunzig?

Ihr wart doch gar nicht mehr zusammen.

Das stimmt, sagte Misses Elderly. Aber ich musste mein letztes bisschen Sehnsucht an den Nagel hängen, wegen einer einzigen lumpigen Anzeige in der Zeitung. Plötzlich war alles aus, alles. Aber das hab ich in dieser

Zeit gelernt. Dass man durch den Schmerz durchgehen muss. Die Wege außen herum, die zählen nicht. Die sind schlicht und einfach ungültig. Man muss durch die Dunkelheit durchgehen. Ganz. Glaub mir, ich hab kein einziges Mal das Licht angemacht. Die ganze Zeit nicht.

Sie schwiegen eine Weile, und dann sagte die Misses noch:

Es ist interessant zu sehen, wer einem im Unglück beisteht. Oder im Glück. Am besten, man stellt sich schon vorher auf einige Überraschungen ein. Und übrigens, fürs Protokoll: Bei mir waren es zwei Kinder, die zur Stelle waren. Und ein wenig noch meine Tochter. Die hatte wahrscheinlich die Zeitung in der Küche entdeckt. Den Engländer hat sie sowieso immer geahnt.

Misses Elderlys Gesicht hatte jetzt etwas Bitteres und Zerliebtes, aber ihre Augen leuchteten auch ein wenig. Sie schien diese unpassende Mischung selbst zu bemerken, denn sie bewegte missmutig ihren Kopf, als wollte sie etwas Störendes abschütteln.

Und dann hast du dich Misses Elderly genannt?, fragte Adrian.

Ja, ich glaube, ich habe das getan, damit die Geschichte wieder mir gehört. So wie man im Café die Tasse, die einem auf den Tisch gestellt wird, absolut unnötigerweise noch zurechtrückt. Vielleicht tut man das auch nur, damit einem die Sache wieder selber gehört. Der Kaffee, den man bestellt hat.

Jetzt war es Adrian, der auf den Boden sah und mit den Füßen die zerknüllten Skizzenblätter anschob. Er starrte auf das Papier, schüttelte den Kopf und sagte dann:

Ich versteh das nicht. Warum hast du die Frau von

diesem Engländer damals nicht verraten? Du hast doch selbst gesagt, dass dann alles besser geworden wäre!

Was wäre das gewesen? Rache? Die hat doch noch nie was gebracht. Und hättest du es denn getan? Hättest du sie verraten?

Ja!, dachte Adrian, na klar hätte ich.

Ja, sagte er. Auf jeden Fall.

Blödsinn, das hättest du nicht! Misses Elderly sah ihn lange und nachdenklich an und sagte dann: Die Bendelianis drüben, weißt du, warum die nach Deutschland gekommen sind?

Wer?

Unsere neuen Nachbarn. Du weißt genau, wen ich meine.

Und leider stimmte das, Adrians vollständiger Körper wusste, wer gemeint war, jeder Zentimeter zitterte und glühte, Verrat!, fühlte Adrian, Verrat, und dass das nicht hierhergehörte, nicht in dieses Zimmer, nicht in den kleinen warmen Raum zwischen ihm und der Misses, die ihm kurz dabei geholfen hatte, seine eigene Geschichte zu vergessen.

Na und, was geht mich das an? Ist nicht mein Bier.

Stopp! Keine alkoholischen Wörter in meiner Gegenwart bitte!, verlangte die Misses lauthals und flüsterte kurz darauf lächerlich ernst:

Blutrache, schon mal was davon gehört?

Irgendwas mit alten Türmen, murmelte Adrian gelangweilt, was interessierte ihn dieser Dato?

Na ja, sagte Misses Elderly. Also Tamar hat …

Tamar, schnaubte Adrian.

Aber Misses Elderly tat so, als hätte sie das nicht gehört, und sagte:

Tamar hat mir von den Blutfehden in Georgien erzählt, oben in den Bergen von Swanetien. Stell dir zwei Männer vor, die sich prügeln, beide sind einfach nur betrunken. Junge Männer, ganz jung. Aber dann fällt der eine unglücklich und überlebt es nicht. Der andere kann sofort seine Sachen und die Familie einpacken, am besten gleich ein paar Generationen, auch die Urgroßmutter und den neugeborenen Neffen. Und dann sucht er sich ein gutes Versteck und bleibt dort für, sagen wir mal, hundert Jahre. Oder besser tausend. Denn die Familie des Toten hat Rache geschworen, und glaub mir, zimperlich ist dort niemand, da wird nicht nur gehauen, da musst du wirklich Angst haben. Angst um dein Leben.

Und?, fragte Adrian betont gelangweilt. Warum erzählst du mir das alles?

Genau das ist Tamars Bruder passiert, vor vielen Jahren, sagte Misses Elderly ein wenig ungehalten. Die Alten haben sich damals in der Hauptstadt versteckt, die Jüngeren sind alle irgendwo in Europa.

Adrian wusste nicht gleich, was ihm an dem, was die Misses gesagt hatte, so missfiel, abgesehen natürlich von der Tatsache, dass er *alles* nicht mochte, was mit diesem Dato zu tun hatte. Und mit einem Schlag war da diese Müdigkeit, dieses Nichtmehrwollen, dieses flüssige Herz, das allmählich aus ihm heraustropfte. Mit einem Mal kapierte er es, mit einem Mal fragte er, was es zu fragen gab, fürchtete, was es zu fürchten gab, und hoffte währenddessen, dass Misses Elderly stocktaub geworden war.

Warum … also … woher weißt du das alles? Wie gut kennst du die da drüben?

Sag es nicht, Misses.

Sag es nicht.

Und Misses Elderly sagte es.

Vorsichtig, leise und beschämt, aber klar und deutlich sagte sie:

Wir haben uns angefreundet, Tamar und ich. Ist so passiert. Das gute Essen, die guten Gespräche. So ist das, Einsneunzig, und es ändert nichts, verstehst du? Überhaupt nichts ändert das.

Und Adrian wusste, dass alles anders war, alles, zum wer weiß wievielten Mal in letzter Zeit, und er fühlte diesen Wunsch, jemandem, den er mochte, auf ungeheuerliche Weise wehzutun.

Schon wieder.

Auf der Stelle.

Jetzt.

Er war ganz ruhig, als er es sagte. Und er wusste bei jedem einzelnen Wort, was er damit anrichtete, er hatte Angst davor und wünschte sich gleichzeitig nichts sehnlicher, als die Misses unwiderruflich zu beschädigen, er sagte:

Wenn ich diese langweilige Engländer-Geschichte damals schon gekannt hätte, dann wär ich nie so lange vor deiner Tür geblieben. Nie im Leben. Dann hättest du da drin meinetwegen krepieren können.

Misses Elderly schluckte gut hörbar und wurde still. Inmitten der Papiertrümmer von Adrians Zimmer saß sie einfach nur da, leise, ohne das winzigste Geräusch. Zum ersten Mal sah sie sich die Zeichnung an, die Adrian vorhin von ihr gemacht hatte.

Und da erst begriff er, dass sie einzig seinetwegen gekommen war – und dass sie allein seinetwegen gleich verschwinden würde, vielleicht endgültig. Sie stand auch tatsächlich auf, legte das Porträt mit leerem Blick auf den Boden und ging dann langsam über das übrige raschelnde Papier zur Tür, ohne Adrian noch einmal anzusehen.

Aber es war längst nicht genug, nicht mal jetzt konnte Adrian aufhören. Mit einer Stimme, die ihm selber wildfremd vorkam, sagte er zu Misses Elderlys Rücken:

Und außerdem, die Leute da drüben, die haben Dreck am Stecken. Die haben was ausgefressen, und ich krieg es schon noch raus. Deine Enkelin – er bemühte sich, dieses Wort besonders verächtlich auszusprechen –, deine Enkelin wollte eigentlich mitmachen, war sogar ihre Idee. Aber die hat ja jetzt was Besseres zu tun.

Misses Elderly blieb an der Tür stehen und schwieg. Erst nach einer Weile sagte sie, ohne sich noch einmal umzudrehen, mit zerknüllten Worten:

Das funktioniert so nicht. Hörst du, Einsneunzig? Es gibt keinen Menschen, der ganz zu dir hält. Den gibt's nicht. So was kannst du einfach nicht verlangen.

Und als Misses Elderly schon fast draußen war, fügte sie bitter flüsternd hinzu:

Aber man wünscht es sich ein Leben lang.

KAPITEL 12

In der Weihnachtszeit, behauptete Adrians Vater, bekam man mehr Freunde und Verwandte zugeteilt als das ganze Jahr über. Ungeahnte Leute kletterten aus ihren Verstecken, riefen spätabends an, schrieben Weihnachtskarten aus dem Sonderangebot und fingen schlagartig an zu existieren. Kollegen, die das ganze Jahr nur Korridorgrüße gemurmelt hatten, wollten sich noch einmal mit Adrians Vater auf ein Gläschen treffen, als würde pünktlich nach Weihnachten die Welt untergehen. Leute aus dem Ort schickten Glühweineinladungen an Adrians Eltern, und von den ärgsten Wackelkontakten aus dem Adressbuch kamen auf einmal feierliche Freundschaftsbekundungen. Dabei wusste Adrian, dass sein Vater am allerliebsten alleine war und dass er dieses ganze Weihnachtstheater für Humbug und von oben bis unten übertrieben und Glühwein sowieso für ein Kapitalverbrechen an der trinkenden Menschheit hielt.

Entgegen dieser väterlichen Meinung hatte Adrian noch nie so wenige Freunde und Verwandte gehabt wie jetzt, in dieser grauenhaften Weihnachtszeit. Seit die Misses sein Zimmer aufgegeben hatte und dessen einzigen Bewohner gleich noch mit, war Adrian endgültig in der Versenkung verschwunden, nicht mal er selber konnte sagen, wo er eigentlich war.

Das gab es also: dass man sich vor sich selber verstecken konnte, endlich versunken, nicht mehr zu fassen. Dabei gelang es den meisten Menschen noch nicht mal, sich an den eigenen Füßen zu kitzeln und zu lachen.

Gleich nachdem die Misses fort gewesen war, hatte Adrian beschlossen, nach einem Versteck zu suchen. Sein Zimmer war zum Nichtmehrvorhandensein nur wenig geeignet, weil er sich dort nicht mehr wohlfühlte. Dabei war es der mit Abstand sicherste und verborgenste Ort auf der Welt, und nicht mal seine Mutter konnte sich noch überwinden, den Raum in Adrians Anwesenheit zu betreten.

Normalerweise hätte sie auch das Skizzenpapier keinen Tag auf dem Teppich lassen können, sie hätte sich bei der erstbesten Gelegenheit daraufgestürzt und alles weggeräumt und dann noch mindestens eine Stunde gesaugt. Aber sie kümmerte sich nicht darum, überließ das Zimmer seinem papiernen Schicksal und stahl nur ab und zu ein schmutziges Kleidungsstück aus dem Klamottenhaufen in der Ecke, um es heimlich zu waschen und gleich danach wieder in den Schrank zu legen. Sie schien tatsächlich zu glauben, Adrian merkte das nicht.

Und sein Vater? Der kam sowieso nicht oft in Adrians Zimmer. Er war der verträglichste Mann im Ort und hielt sich am liebsten aus allem heraus. An den letzten Wochenenden hatte er jedes Mal so getan, als würde er von der Situation nichts mitkriegen. Er hatte Adrian sogar neue Fotos von Bahnsteigmenschen mitgebracht und war, nachdem er vom eigenen Sohn aus einem nichtigen Grund angebrüllt worden war, mit einem leichten Stirnrunzeln zur Wochenendordnung übergegangen.

Sein Vater: friedlich wie ein Haus in den Bergen. Und

wenn es mal eine Familienfeier gab, war er der Erste, der ins Bett ging, weil er besser einschlafen konnte, wenn er die Stimmen in der Ferne hörte. Was er außerdem liebte, waren peinlich glänzende Jogginghosen und dann auch noch die Freitagabende, wenn er zu Hause den Briefkasten öffnete und ihm tausend Briefe in die müden Arme fielen. Es war eine geheime Vereinbarung zwischen seinen Eltern, und nie im Leben hätte Adrians Vater zugegeben, dass er seine Frau durchschaute und längst wusste, dass sie die Post der ganzen Woche sammelte und sie freitags wieder in den Briefkasten stopfte. Und Adrian hatte kapiert, dass sein Vater genauso einer war.

Leicht zu erfreuen.

Schwer auf der Waage.

Niemand, auf den man sich bei Weltuntergängen verlassen konnte.

Haargenau einen Tag nach der geflüchteten Misses hatte Adrian dann endlich gewusst, wo er sich verstecken konnte. Oder besser, *wie*. Denn es gab ja keinen Ort für ihn, keinen einzigen.

Also versteckte er sich, indem er sich bewegte.

Indem er pausenlos in Bewegung blieb.

Wenigstens in den gefährlichen Stunden nach der Schule.

Jeden Nachmittag stapfte und stapfte er durch den Ort und dann die weißlichen Hügel hoch oder den Rand der Landstraße entlang, bloß nicht stehen bleiben, um keinen Preis, denn Stehenbleiben hieß ja, kein Versteck zu haben, Stehenbleiben hieß, sich den Blicken zum Fraß vorzuwerfen, nein, nicht stehen bleiben, immer weiter durch den Schnee, über die Schuhabdrücke, über das Knacken und das Knirschen und die nie gegangenen Wege der anderen.

Die Stunden im Schnee waren die einzigen, die für Adrian einigermaßen erträglich waren und ihn sogar die trüben Sätze der Lehrer vergessen ließen.

Adrian, kommst du nach der Stunde mal?

Deine Leistungen, deine Mitarbeit, dein Gesicht.

Sag Bescheid, wenn ich dir helfen kann.

Übersetzt hieß das nichts anderes als:

Adrian, hör mal, warum bist du nicht mehr so schön langweilig wie früher?

Und immer nach den Sätzen, an den Nachmittagen nach der Schule, kämpfte sich Adrian durch den Schnee, durch die unordentliche Flockenluft, die nach Rauch roch und nach früher und nach nichts. Zwei- oder dreimal ging er sogar am Dreitotenhaus vorbei und sah kurz und ohne anzuhalten zu den erleuchteten Fenstern im ersten Stock hoch, dorthin, wo sich irgendwo das Geheimnis verbarg.

Einmal erkannte er sie hinter einem der Fenster, Tamar, die sich nach unten beugte, aufrichtete, ihn auf der Straße entdeckte und sofort die Vorhänge zuzog. Sie sah erschrocken aus in diesem kurzen Moment, und fast war es so, dass Adrian diesen Anblick genoss. Mit grimmig erhobenem Haupt entfernte er sich vom Dreitotenhaus und war wieder nichts als ein Huschen, versteckt in der eigenen Bewegung, vorübergehend nicht zu brechen.

Und manchmal, da dachte er an die Schneekönigin, an Gerda dachte er, die sich wie er durch den Schnee kämpfte, aber vor niemandem weglief. Er wusste noch genau, was die Misses damals vorgelesen hatte, *und die Kälte war so groß, dass sie ihren eigenen Atem sehen konnte*, nein, Gerda lief vor niemandem weg, kein Stück, und sie musste sich auch nicht verstecken und brauchte noch nicht mal Angst davor zu haben, daheim zu oft vor dem Spiegel zu stehen und sich von dem eigenen ellenlangen Spiegelbild auslachen zu lassen. Sie war einfach nur losgegangen, weil sie jemanden, der fort war, zurückholen wollte.

Aber an so was musste er zum Glück gar nicht denken, Stella würde er sowieso nicht zurückholen können auf seiner knirschenden Flucht. Er brauchte sie gar nicht erst an den *Schwur* zu erinnern oder an ihn selbst, Adrian.

Einsneunzig plus vier.

Manchmal, wenn er weit genug gegangen war, blieb Adrian schlagartig stehen, weil ihm die Schritte von den Füßen fielen und weil er es überall fühlte.

Ganz kurz nur spürte er es, mehr als deutlich.

Wie.

Wie sehr sie.

Wie sehr sie nicht mehr da war.

Dann schleppte er sich jedes Mal schnell weiter, durch die entsetzliche und gute Kälte, über die Schlittenspuren und den noch nicht benutzten Schnee, der alles, alles sichtbar machte, und ab und zu presste Adrian die Augen zusammen, als könnte man dadurch die Weihnachtsfeste der letzten Jahre vergessen, die Zeichnungen, die Stella von ihm bekommen hatte, und Stellas Geschenke für ihn, die alle riesig waren.

Das alles würde es nicht mehr geben, nichts davon, so viel war klar. Und vielleicht war es am Ende auch nur das: dass sich Adrian gar nicht vor Stella versteckte oder vor der Misses oder seiner Mutter, sondern dass er vor allem vor dem drohenden Weihnachtsfest davonstapfte, das umso näher rückte, je häufiger *I'm Driving Home for Christmas* im Küchenradio gespielt wurde.

Früher, als das Leben noch ungefähr so war, wie es sein sollte, da hatte sich Adrian oft gefragt, warum dieser Sänger immer noch mit dem Auto nach Hause fuhr, obwohl er locker das Flugzeug nehmen konnte mit all dem Geld, das er mit dem Lied verdient hatte. Adrian hatte überlegt, ob es auf der Welt noch einen einzigen Menschen gab, der diese Musik schön fand, und einmal hatte er sogar darüber nachgedacht, wie es sich anfühlen musste, wenn man nach vierzig Jahren aus dem Koma erwachen und das Radio anmachen und dieses Lied hören würde, zum allerersten Mal im Leben, und ob man vielleicht dachte, oh, sieh mal einer an, was für eine vollkommen neue Art von Musik.

In diesem Jahr kümmerte sich Adrian um ganz andere Dinge, während er stumm und langsam die einzigen Bissen des Tages aß und das Radio weihnachtlich dudelte, noch lauter als in den vergangenen Jahren, vielleicht, um das Küchenschweigen mit peinlichen Schnulzen auszustopfen.

Und Weihnachten rückte näher und näher, es dachte gar nicht daran, einen Bogen um die Stadt zu machen oder sich unter all dem Schnee zu verstecken, der maßlos aus den Wolken stürzte.

Immer größer wurde die Gewissheit, das *eine* Geschenk nicht zu bekommen, immer größer die Überzeugung, dass er selbst kein Geschenk haben würde für Stella, aber Adrian konnte nichts tun, nur den viel zu süßen Gestank des Weihnachtsmarktes ertragen und weiter durch den Schnee stapfen mit gut gekühlten Zehen, in die Kälte tauchen wie in einen winterlichen Teich und weitergehen, weiterstapfen, immer weiter und weiter und eines Morgens aufwachen und wissen, zu spät.

Wissen, da war kein Aufschub und kein Flöckchen Gnade.

Der Vierundzwanzigste, ganz klar.

Er war gekommen.

Man erkannte das an ziemlich genau zwei Dingen, von denen das erste etwas Fades und Herkömmliches war, nämlich eine ordentliche Weihnachtskrippe mit unzähligen handgeschnitzten Mitwirkenden.

Die kleinwüchsige Fichte, die immer schon ein paar Tage vor Weihnachten aufgestellt und geschmückt wurde, war in den Augen von Adrians Mutter absolut *nichts* gegen die hölzerne Besucherschaft eines Neugeborenen, weshalb sie die Krippe mit ihren Hauptfiguren immer erst am Weihnachtsmorgen und voller Hingabe aufbaute: Maria und Josef und Ochs und Esel, ein paar Weise und Hirten, Schafe mit Hund, einen kitschigen Engel und einen rüsselamputierten Elefanten und schließlich noch den, um den es bei der ganzen Sache ging.

Adrians Mutter war die Einzige in der Familie, die freiwillig zur Kirche ging und *Gelobt sei Jesus Christ* kannte und *In Ewigkeit, amen*. Sie hatte es diesem Gott offenbar verziehen, dass er sie damals nicht kleiner gemacht hatte, und glaubte voller Inbrunst an ihn. Adrians Vater dagegen hielt sich aus allem, was irgendwie mit *Gelobt sei* und Josefs und Marias zu tun hatte, vornehm heraus.

Na ja, fast.

Denn immer am Vierundzwanzigsten, und das war der andere Beweis für die schmerzliche Ankunft des Weihnachtstages, immer am Vierundzwanzigsten manipulierte Adrians Vater die familieneigene Krippe, indem er Figuren umstellte und zum Beispiel zwei Weise neben die Jesuskrippe stellte, während Maria und Josef bei dem letzten verbliebenen Weisen aus dem Morgenland ausharren mussten. Einmal hatte er sogar Rosinen unter das Hinterteil eines Schafes gelegt und ein anderes Mal einen nichts ahnenden Hirten gegen einen billig erworbenen Gartenzwerg ausgetauscht. Er hatte sich jedes Jahr selber übertroffen und sich wahrscheinlich schon Monate vorher Notizen gemacht. Die erneuerten Krippenszenen waren etwas genauestens Erdachtes und das Produkt eines von tausend Lachfalten durchzogenen Gehirns.

Das Sonderbare war, dass Adrians Mutter jedes Mal tat, als würde sie die offensichtliche Veränderung nicht sehen, obwohl sie bis in die Fußzehen und in ihre Kreuzkette hinein eine Krippenkennerin war. Und auch das war wohl, genau wie die Sache mit den Freitagsbriefen, eine still schmunzelnde Übereinkunft zwischen seinen Eltern, und es hatte Adrian immer froh gemacht.

Denn sobald die Krippe ordnungsgemäß verändert war, hatte er gewusst, dass es Zeit war. In lächerlich wenigen Stunden würden die Marauns zum Anstoßen rüberkommen, mit Sekt und Wasser und Orangensaft, als wäre schon Silvester oder etwas anderes Endgültiges.

Es war einfach immer so gewesen. Das jährliche Treffen gehörte ins Wohnzimmer wie der Weihnachtsbaum oder die Krippe und war wahrscheinlich irgendwann mal die Idee von Stellas Mutter gewesen. So richtig wusste das keiner mehr, und wozu auch, es war eben so. Und es war für alle eine gute Sache, sogar für Adrians Mutter. Denn obwohl die immer noch nicht hundertprozentig von Misses Elderly überzeugt war, schien auch sie sich jedes Jahr über diese Zeremonie zu freuen.

Die Marauns blieben immer nur kurz, höchstens eine Stunde. Und doch war diese Stunde jedes Mal die glücklichste des ganzen Weihnachtsfestes gewesen. Es war Adrians und Stellas Zeit, die sie in seinem Zimmer verbracht hatten, weltenweit weg von den feierlichen, leicht betrunkenen Stimmen der anderen.

Sie hatten Geschenke getauscht und geredet und einfach nur dagesessen, und das Seltsame war, dass sie das sonst ja auch oft taten, nein, getan hatten: einfach nur dasitzen, in seinem oder in ihrem Zimmer. Doch wer weiß, wahrscheinlich lag es einfach nur daran, dass die Treffen zu Weihnachten etwas Besonderes, beinah Verbotenes und Unerhörtes waren: ein Augenleuchten, ein allein für ihn erfundener warmer Programmpunkt in einer Festordnung, die ansonsten genauso langweilig war wie die Veränderung, die sich Adrians Vater in diesem Jahr für die Weihnachtskrippe ausgedacht hatte.

Zum ersten Mal in seiner Laufbahn als Krippenfigurenumsteller hatte er sich keine besonders große Mühe gegeben. Wahrscheinlich war ihm die Idee erst kurz vorher gekommen, beim Mittagessen oder in seinem zugestaubten Arbeitszimmerversteck, und sie war weder lustig noch gut noch sonst irgendwas, genau wie diese ganze Weihnachtszeit.

Nein, wirklich.

Es war einfach keine Meisterleistung.

Diesmal hatte er die Maria- und die Josef-Figur einfach neben die Jesuskrippe gelegt, damit die beiden ihr Kind im Liegen durch die Nacht bringen konnten, Seite an Seite und direkt neben dem hölzernen Reisebett des Söhnchens. Sie sahen wie zwei umgefallene Figuren aus, ein wenig jämmerlich, ein wenig fehl am Platz. Aber es half nichts. Sie zählten trotzdem. Die Krippe war eingeweiht, und eines stand fest:

Die unglücklichste Stunde des Jahres war so gut wie da.

KAPITEL 13

Kommt rein, sagte Adrians Mutter.

Ihr seid ja ganz durchgefroren.

Na los, ihr holt euch noch den Tod.

Die Durchgefrorenen rutschten jetzt Schritt für Schritt ins Haus und bestanden aus den väterlichen Großeltern, die zu fünfzig Prozent nach Eukalyptus rochen, aus der mütterlichen Großmutter, die keinen Mann mehr hatte, dafür aber lächerlich viele Schneeflocken auf dem Hut, und schließlich noch aus Adrians Tante, die die Schwester seiner Mutter und keinen Zentimeter zu groß war.

Seit Adrian denken konnte, bildete diese wackelige Gemeinschaft den Weihnachtsbesuch, und normalerweise verschwanden Adrian und sein Vater jedes Jahr kurz nach der Begrüßung in der Küche, um minutenlang die Augen zu verdrehen.

Anders hätten sie die weihnachtlichen Familiengäste auf gar keinen Fall ausgehalten: den Rosinenstollen, der so trocken war wie die Hüftgelenkgespräche der Großeltern, die lang gezogene Zeit, in der der gläubige Teil der Familie in der Kirche war, und die genauso unendliche Zeit, bis der gesamte Besuch schließlich wieder verschwunden war.

Diesmal verdrehte Adrian nicht ein einziges Auge

und machte auch keine Anstalten, die unkönigliche Begrüßungszeremonie vorzeitig zu verlassen, so wie er es sonst immer getan hatte. Mit *sonst immer* hatte er sowieso nichts mehr zu tun. Wie ein Roboter nahm Adrian die Begrüßungshände entgegen: die harte, rissige Hand des väterlichen Großvaters und die schwache Hand von dessen Frau, die eingecremte Hand der anderen Großmutter und schließlich noch die fischige Hand seiner Tante.

Danach stand er noch viel zu lange da, die eigenen Hände in den Hosentaschen vergraben, und fühlte: nichts. Später, im Wohnzimmer, saß er auf dem Sofa, geschützt nur durch die Barrikade der Fernsehzeitschrift, in der er blicklos blätterte, während er die staubigen Stimmen der Großeltern geschehen ließ, die wie Honig dahintropfende Zeit, den Geruch von Kaffee und Altsein und Tante und irgendwann auch den weihnachtlichen Ruf der Mutter, dass alle zum Tisch kommen sollen.

Sie hatte schon vor einer Woche angefangen, wieder mit Adrian zu reden, mehr als das Nötigste, sogar vier, fünf Sätze pro Tag, eine großzügig bemessene Ration. Vor allem, wenn man bedachte, dass Adrian immer nur mit einzelnen Wörtern antwortete, kleinen Worttröpfchen, die verdampften, noch während Adrian sie hergab.

Wahrscheinlich hatte seine Mutter nur für diesen einen Weihnachtstag trainiert, damit bloß keinem das häusliche Schweigen auffiel, damit sie ohne Stottern sagen konnte, Adrian, reichst du mir den Zucker, damit sie sagen konnte, Adrian, jetzt hilf doch der Oma mal. Sie hatte wahrscheinlich erst wieder lernen müssen, wie das geht: mit dem eigenen Sohn reden. Sie hatte den

Rost abgeklopft von den lange nicht benutzten Mutterworten, und jeden Tag konnte er spüren, wie sie ihn ein paar Sekunden am Stück einfach nur ansah.

Auch wenn das keine Rolle spielte.

Auch wenn nichts mehr eine Rolle spielte für Adrian.

Und als er zwischen zwei Stollenbissen die Stimme seiner Tante hörte, dachte er noch, dass ihn das sowieso nichts mehr anging, ganz gleich, was irgendwelche Parfümtanten zu fragen hatten. Und sie fragte ja auch nicht ihn, sondern sah ihn nur an und richtete ihre Worte an die Runde:

Also?, fragte sie mit einem kleinen, hämischen Augenleuchten.

Wie ist das jetzt? Hat er schon eine Freundin?

Und alles an Adrian wurde rot, innen und außen und überall, alles an Adrian wollte sich übergeben, direkt in die weihnachtlichen Kaffeetassen hinein, und sterben wollte er, Adrian Theiß, *unvergessen*, und weinen und schlafen und nie mehr zurückkommen, egal von wo, sterbensrot schwieg er die Tante an, und mit rauchiger Stimme antwortete sie sich lieber gleich selber:

Ja, Jungchen, du und die Damenwelt, das ist noch nichts, das passt noch nicht zusammen, was?

Die älteren Semester lachten höflich, Adrians Vater machte etwas unbeholfen mit, nur seine Mutter starrte in ihre Kaffeetasse und sagte nichts.

Aber die Tante machte weiter, sie hatte schon immer etwas leicht Gnadenloses gehabt, das sie hinter Duftwolken und zu bunten Kleidern vergebens zu verstecken versuchte.

Jungchen, sagte sie, du hättest doch auch gar keine

Zeit für die Damen, nicht wahr? Bei den vielen Arztterminen.

Adrians Mutter ließ lautstark ihren Löffel auf den Tisch fallen, und Adrian konnte sich vorstellen, dass sie ihrer Schwester den Löffel am liebsten an den Kopf geworfen hätte, oder noch besser, den ganzen Besteckkasten. Das Verhältnis der beiden war ohnehin nicht das beste, was vor allem an den anderthalb Köpfen lag, um die Adrians Mutter ihre Schwester überragte. Sie hatte es diesem Gott zwar verzeihen können, dass er sie damals nicht vom Wachsen abgehalten hatte, aber sie nahm es ihrer Schwester immer noch übel, dass diese normal groß war und die Gene ihres riesigen, wenn auch mittlerweile aschefeinen Vaters nicht abgekriegt hatte.

Irene, sagte Adrians Mutter und schaffte es nicht, streng auszusehen, alles, was sie hinbekam, war dieser klägliche Gesichtsausdruck.

Irene! Nicht heute!

Aber Adrian wollte … sollte doch … diese Hormontherapie …

Diesmal schaffte es Adrians Mutter sogar, einigermaßen verächtlich zu blicken.

Das Jungchen … ist noch nicht so weit. Er muss sich noch schonen.

Sie spuckte es regelrecht aus.

So, und jetzt esst, wir müssen in die Kirche.

Und Adrian dachte, Jungchen.

Das Gegenteil von Einsneunzig.

Was in den Köpfen der anderen vorging, konnte er nicht mal ahnen, alle schwiegen nur und tranken und wussten nicht wohin mit ihren festlich getrübten Blicken. Nur Adrians Vater probierte einen komplizierten Geschichtsprofessorenwitz, irgendwas mit Hitlergruß und Tennisarm, aber niemand lachte, alle am Tisch schwiegen den Stollen kleiner und die Tassen leerer, und Adrian sah das Gesicht seines Vaters, das sich rotfleckig ergeben hatte, so wie immer, wenn ihm ein Witz nicht gelungen war.

Später, als sich Adrians Mutter, seine Tante und die mütterliche Großmutter in die Kirche verzogen hatten, ging Adrian in die Küche, stellte sich mit müden langen Beinen an die Terrassentür und tat, was er seit Ewigkeiten nicht getan hatte.

Er sah nach drüben.

Zur Küche der Marauns.

Schon immer hatte er es bedauert, dass man nicht sehen konnte, wer gerade in der Küche war, für so etwas waren die siamesischen Häuser einfach nicht geschaffen. Auch jetzt konnte er nichts als einen schwachen Lichtschein erkennen, vielleicht las die Misses wieder aus Versehen die Todesanzeigen, oder die gefälschte Schwester war auf Weihnachtsbesuch da und klaute eine Vanillezigarette, oder Stella saß am Küchentisch und schrieb mit ihrer umständlichen Schrift einen Geschenkanhänger voll, *Für die Misses* stand da jetzt in Krakelbuchstaben, oder gar nichts stand da, am Ende saß Stella einfach nur am Tisch und löffelte Schokocreme aus dem Glas, vielleicht hatte Stella …

Stella.

Stella Maraun.

Mittelwüchsig, fort.

Und fort.

Adrian stand an der Terrassentür und dachte an das,

was es nicht mehr geben würde, an Stellas Großgeschenke dachte er, an die potthässliche Zimmerpalme aus Plastik, an die Dreihundert-Gramm-Tafel Schokolade mit Keksfüllung, an das *King Kong*-Riesenposter und am meisten, am allermeisten an die CD vom vorletzten Jahr.

Sie hatten auf seinem Teppich gesessen und Geschenke getauscht, und Adrian hatte es zum ersten Mal übers Herz gebracht, Stella vorsichtig eine Zeichnung von ihrer persönlichen Hand zu schenken, während Stella ihm ein winziges Päckchen gegeben hatte, viel zu klein, um als großes Geschenk durchzugehen.

Adrian, der jetzt die Hände gegen die Glastür drückte, sah sich immer noch auf dem Boden sitzen und daneben Stella, die mit dem Zeigefinger über die Handzeichnung strich und sich dann ohne Vorwarnung zu ihm drehte, um sein Gesicht in beide Hände zu nehmen und es an ihres zu ziehen.

Zwischen ihnen der Abstand eines ungeküssten Kusses.

Der größte Abstand von allen.

Und Adrian wusste noch, wie warm Stellas Gesicht war und dass ihr Atem nach Hustenbonbon roch und wie ihn dieses Gefühl damals anschwappte, diese gute, schmerzende Welle aus Hunger und Schreck und fiebrigem Herzen, und als er später das Päckchen auspackte, fand er diese CD, auf der *The Tallest Man on Earth* stand.

Es war der Name eines Sängers, und obwohl der eine knattrige Mickymausstimme benutzte, hatte Adrian sich die ganze Nacht seine Lieder angehört, die alle traurig waren und vollkommen vergeblich. Einmal, am späten Abend, hatte sein Vater sogar durch die Tür gerufen: Oh,

Bob Dylan, ein ganz Großer!, was Adrian zum Lachen gebracht hatte, aber die Lieder waren traurig geblieben, und bei jedem einzelnen hatte Adrian gemerkt, dass *er* nicht traurig war, er, Adrian Theiß, beinahe geküsst von Stella Maraun, angeatmet, umhandet und an den Wangen vorsichtig in eine neue, lodernde Welt geschoben.

Die Scheibe.

Sie war kalt.

Adrian fühlte sich gegen die Tür klopfen, mit den flachen Händen schlug er gegen das Glas und weinte nicht, er war höchstens allergisch, Hausstaub, Weihnachtsstollen, und bis übers Kinn rannen ihm die allergischen Tränen, aber er schlug sie weg, schlug und schlug gegen die Tür, und verdammt, nachher würde sie kommen und kein Wort zu ihm sagen, verdammt, nachher würde sie kommen und ihm nichts schenken, nachher, da würde sie ein anderes Gesicht als seines zwischen den Händen gehabt haben.

Auf der Terrasse lag eine dicke, spurlose Schicht von stundenaltem Schnee. Im Moment schneite es nicht, aber im Radio hatten sie am Morgen empfohlen, auf Picknicke, Eisbaden und kurzärmelige Weihnachtsmannkostüme zu verzichten, weil es einer der kältesten Tage des Jahres werden sollte, minus soundso. Aber was ging ihn das an, die Kälte und die schlechten Radiowitze?

Nichts.

Er würde heute sowieso nicht mehr rausgehen, im Freien war der Weihnachtsabend kein besonders gutes Versteck, egal, wie schnell man sich bewegte. Den ganzen Vormittag war Adrian durch den Ort gestapft, die

Wege entlang und die Hügel hoch, und schon da hatte er die kälteste Kälte gespürt, selbst mit Mütze und Schal hatte er entsetzlich gefroren, nein, er würde heute sowieso nicht mehr rausgehen.

Drüben im Wohnzimmer hörte er Stimmen. Sein Vater und die Großeltern schienen aufgetaut zu sein, seit die anderen weg waren, immer wieder lachte jemand oder erhob fröhlich die Stimme, außerdem brüllten irgendwelche Weihnachtschöre ihre Botschaften durchs Haus, *freu-e di-hich, freu-e dich!,* und Adrian freute sich nicht, Adrian hatte Stella seit Ewigkeiten nicht gesehen.

Er zog die Terrassentür auf: Brustkälte, Kopfkälte, dann drückte er sie schnell wieder zu. Die Tür drüben bei den Marauns ließ sich genauso schnell öffnen und zumachen, klar, sie war ja genauso wenig verriegelt wie diese hier, und Adrian fühlte noch immer die eisige Hand des Nachmittags und blickte weiter nach drüben.

Adrian stand da, so lang stand er da, ellenlang. Und wo er stand, hatten die Stunden aufgehört, Stunden zu sein, er sah und sah nichts, atmete, atmete nicht, und irgendwann rief hinter ihm jemand: Komm, Bescherung!, hinter ihm, wo die Zeit ohne ihn weitergegangen war, wo seine Mutter stand und wo, noch weiter hinten, die anderen schon begonnen hatten, das Wohnzimmer mit lauter Päckchen zu verunstalten.

Es war das erste Mal, dass er sich nicht über die Geschenke freuen konnte, und das lag nicht allein an den lieblosen Elterndingen, von denen ihm jedes anzeigte, dass seine Mutter, die für die Weihnachtseinkäufe zuständig war, ihm noch lange nicht verziehen hatte. Vor allem lag es daran, dass sich Adrian die ganze Zeit vorstellen musste, wie Stella und er einander begegnen würden, nachher, in höchstens einer halben Stunde, und ob sie sich überhaupt ansehen oder kurz miteinander reden oder zugeben würden, dass sie sich irgendwann im Leben schon mal getroffen hatten, ach, weißt du noch, damals? Adrian stand im Wohnzimmer und hatte keine Ahnung, wie irgendwas davon gehen sollte, nach allem, was nicht geschehen war. Und er bedauerte auf einmal, dass er zu dem Gott seiner Mutter keinen besonders guten Draht hatte, sonst hätte er sich nämlich genau jetzt werweißwohin gebetet.

Irgendwohin.

Weit weg von hier.

Und dann hörte er Schuhe, die in der Küche abgeklopft wurden auf dem großen Lappen neben der Terrassentür, Schuhe hörte er, die die ersten Tagspuren geschrieben hatten in den siamesischen Schnee, und da waren sie, alle kamen sie ins Wohnzimmer: Misses Elderly, deren rot gefärbte Haare weiße Ansätze ausplauderten, Stellas Mutter, die quer durchs Zimmer nach Vanillecreme roch, und natürlich trottete Veit hinterher und dann auch noch seine Tochter Olivia, die die gefälschte Schwester und also doch auf Weihnachtsurlaub war, und zusammen mit der schon vorhandenen Gesellschaft ergaben sie ein beachtliches Häufchen Menschen, die sich gegenseitig Glück an den Hals wünschten oder sonst was Gutes und Sekt tranken und Orangensaft und den Raum so übertrieben ausfüllten, dass es keine Fluchtwege mehr gab.

Adrian stand da.

Stand.

Krallte eine Hand in einen Silberfichtenzweig und wurde taub und fühlte Brandflecken im Gesicht und kapierte, was er vorher nicht mal in Betracht gezogen hatte, und nirgends ein Fluchtweg, nirgends ein gottverdammter Gott, Stella!, brüllte er in Gedanken und fühlte den silbrigen Fichtenschmerz in seiner Hand, Stella Maraun!

Aber es änderte nichts.

Stella war nicht mitgekommen.

Es war ausgerechnet die gefälschte Schwester, die laut verkündete, was den anderen wahrscheinlich längst aufgefallen war. Sie hatte schon damals, als sie mit ihrem Vater zu den Marauns gezogen war, diese Art an sich gehabt; schon damals konnte sie mit freundlichem Gesicht die größten Gemeinheiten sagen, und nie war ihr Lächeln dabei verschwunden, vor allem dann nicht, wenn sie Adrians Größe kommentierte.

Eigentlich war sie sogar der Auslöser für all die großwüchsigen Informationen gewesen, mit denen er von Stella bis vor kurzem noch beschenkt worden war, all die Wolkenkratzer und Riesengebirge hatte Stella nur deshalb vor Adrian aufgestellt, damit er sich dahinter verstecken und ihm keine gefälschte Schwester der Welt mehr wehtun konnte.

Aber Stella hatte nichts Großwüchsiges mehr für ihn übrig, und die schlechte Fälschung konnte in aller Ruhe an ihrem Sektglas nippen und dann verkünden:

Stella lässt schöne Grüße ausrichten. Sie ist leider verhindert, aber na ja, sie …

Lass gut sein, Olivia!, fuhr ihr die Misses über den Mund, aber es war zu spät, Adrian zog endlich und mit wütender Kraft an dem Fichtenzweig, den er die ganze Zeit in der Hand gehabt hatte, und er brachte damit nicht den Baum, aber immerhin eine der Sammlerstück-Glaskugeln zu Fall, und ach, er pfiff darauf, dass es keine Fluchtwege gab, egal, jetzt gab es einen, und er kämpfte sich durch das Zimmer und sah im Augenwinkel, wie sein Vater achselzuckend in die Runde blickte, na klar, dachte Adrian, etwas anderes konnte der auch gar nicht, der konnte ja nur gemütlich sein und Rosinen hinter Schafe legen. Der hatte doch keine Ahnung, wie es seinem Sohn ging, Adrian wusste das, und er hasste es, er hasste alles hier, seine Mutter, die vor Schreck ihr Sektglas in einem Zug leerte, diese dümmliche Fälschung von Schwester, sogar Stellas kopfschüttelnde Mutter und die Misses konnten ihm gestohlen bleiben, Adrian rannte aus dem Wohnzimmer und knallte die Tür hinter sich:

zu.

Draußen blieb er kurz stehen, er kriegte seinen eigenen Türknall nicht mehr aus den Ohren. Im Wohnzimmer regte sich nichts, wahrscheinlich waren alle erstarrt, egal, Adrian wollte nach drüben in sein Zimmer gehen, machte einen Schritt, noch einen und kam nicht mehr weiter, die Tür in seinem Rücken war aufgegangen, jemand zog hinten an seinem Pullover, ließ ihn nicht los, und …

Scheiße, lass mich los, fluchte Adrian.

Nur, wenn du nicht wegrennst, sagte Misses Elderly.

Adrian drehte sich um.

Kannst du mich nicht einfach mal in Ruhe lassen! Geh doch zu Stella, geh doch zu deinen blöden neuen Freunden!

Du glaubst, Stella geht es gut, ja?, fragte die Misses und sah Adrian ein wenig verächtlich an.

Was soll ich denn sonst glauben?

Für Stella ist es auch nicht leicht. Wie du dich verhältst. Was du gesagt hast. Dass du einfach weg bist.

Ich bin nicht weg!, fuhr Adrian die Misses an. Stella ist weg!

Ach, Einsneunzig.

Die Misses schwieg kurz, dann sagte sie:

Wenn du wenigstens reden würdest. Wenn du ihr sagen könntest, dass du in sie …

Dass ich *was*? Hör auf, Mann. Hör auf!

Adrian, alle machen sich Sorgen um dich. Auch bei uns drüben, glaub mir.

Die reden über mich?

Adrian verabscheute den Gedanken, dass die Marauns am Küchentisch saßen und über ihn sprachen, dass sie kauten und tranken und ab und zu sagten: Ja, dieser arme, hässliche Junge, aber kann er sich denn nicht mal zusammenreißen?, und dass sie nicht verstehen konnten, warum er sich so anstellte, und vielleicht saßen manchmal Leute dabei, die ihn überhaupt nicht kannten und die trotzdem ihren Senf dazugeben mussten: Also wirklich, wo kämen wir denn hin, wenn alle gleich so durchdrehen würden!

Könnt ihr nicht über was anderes reden?, rief Adrian. Ihr habt doch gar keine Ahnung! Und Stella kann mir sowieso gestohlen bleiben.

Adrian wollte sich wegdrehen, aber die Misses hielt ihn vorn am Pullover fest, vielleicht aus modischen Gründen, damit der Stoff gleichmäßig ausgeleiert war.

Rede!, sagte sie.

Sprich endlich!

Einsneunzig, bitte.

Dann riss sich Adrian los, flüchtete mit großen, schweren Schritten in sein Zimmer und wollte wieder die Tür hinter sich zuknallen. Aber im letzten Moment hielt er sie auf und drückte sie dann langsam und ganz leicht ins Schloss, fast getröstet von dem feinen Geräusch, das eine Tür macht, wenn sie am Ende doch nicht zugeschlagen wird.

KAPITEL

14

Es war Nacht, und wie lange schon? Adrian war aufgewacht, niedergestreckt auf tausend Papierlaken, müden, zerrissenen Zeichnungen, die immer noch keiner vom Boden aufgelesen hatte. Er trug Kopfhörer, aber die waren nicht mehr mit der kleinen, hellblau leuchtenden Stereoanlage verbunden. Da, jetzt fiel es ihm wieder ein, den *Tallest Man* hatte er gehört und dessen ganzen Mickymausschmerz, der ihm viel zu tief in die Ohren gekrochen war.

Er wusste nicht, ob in den Stunden nach seinem unweihnachtlichen Abgang noch jemand versucht hatte, nach ihm zu sehen, wenn ja, hatte er davon nichts mitgekriegt. Seine Tür war die ganze Zeit verschlossen gewesen, in seinen Ohren hatte der *Tallest Man* gesessen, und alles in Adrian war Beben und Fluchen und Schreien gewesen.

Jetzt war es still im Haus. Die Gäste mussten schon lange weg sein und nicht einmal der ferne, ausgeleierte Glockenklang der Mitternachtsmesse hing noch in der Luft, draußen nicht, drinnen nicht, überall dunkelste Stille. Adrian richtete sich auf, er konnte jeden einzelnen seiner kalten Knochen spüren, es waren die kältesten Knochen des Jahres.

Und auf einmal fiel ihm die Misses ein und das, was

sie ihm auf den kurzen Weg in sein Zimmer mitgegeben hatte, rede, hatte sie gesagt, sprich, und Adrian zuckte zusammen, er wusste das jetzt, reden musste er, sprechen, und er würde zu Stella gehen, sofort. Er würde sie wecken müssen, aber das ging eben nicht anders, außerdem hatte Stella ihn auch schon oft aus dem Bett geklingelt.

Was er sagen würde?

Und wie?

Er hatte keine Ahnung, aber das machte nichts, irgendwas würde ihm drüben schon einfallen, vielleicht ergab sich ja alles von selbst. Stella könnte ihm Fragen stellen und er müsste einfach nur darauf antworten, ja, ich hasse diesen Dato, nein, ich hasse dich nicht, bitte, wann nennst du mich endlich wieder Einsneunzig?

Er war in Jeans und Pullover eingeschlafen, das reichte, er würde für den kurzen Weg über die Terrasse keine Jacke anziehen, nur Schuhe, die würde er brauchen. Er schlich über den Flur in die Küche und fühlte plötzlich, dass alles ganz schnell gehen musste, nur dieses eine Mal im Leben. Also zog er seine Turnschuhe doch nicht an und öffnete die Tür.

Himmel, nein.

Als er in Socken auf die Terrasse trat, schrien seine Füße auf und die Brust. Die Kälte war ungeheuerlich, eine Sammlung gut geschärfter Messer, die auf ihn geworfen wurden, ein Eismeer, das ihn nicht mehr aus den Wellen ließ, kalte Hände, die seine Ränder entlangfuhren, als würden sie ihn vermessen wollen. Adrian beeilte sich, um schnell in die maraunsche Küche schlüpfen zu können, betrat Schuhspuren, die alle nicht von Stella stammten, Hin- und Zurückspuren, tief und entschlossen, dann stand er vor der anderen Terrassentür und wollte sie aufdrücken.

So oft hatte er das schon getan.

Fast sein ganzes Leben lang.

Aufdrücken, auf.

Und er verstand es nicht gleich, als die Tür nicht aufging, vielleicht klemmte etwas oder sie war zugefroren oder hatte sich sogar verzogen, er verstand es erst, als er eine Weile gegen die Tür gedrückt hatte und seine Zehen vor Kälte zu jammern begannen, seine Fingerspitzen, sein Herz. Aber es lag auf der Hand, eiskalt, und er konnte es sich auch nicht warmreden, begriffen hatte er es, jetzt und hier, alles war so klar, dass es ihm fast die Beine wegzog.

Stella Maraun.

Sie hatte die Küchentür verriegelt.

Die Häuser waren getrennt.

Adrian hätte gegen die Tür trommeln können, er hätte brüllen können, bis ihn irgendwer hörte, bloß, das wollte er der Misses nicht antun, die sicher schon seit Stunden schlief, zum Teufel noch mal, die Nacht war eine Kühlkammer. Drinnen war alles dunkel, die Küche kam ihm fremd und anderswo vor, so wie irgendwie alle Räume fremd aussahen, wenn man sie durch eine Glasscheibe betrachtete.

Aber was konnte man tun, wenn man still bleiben wollte, nur warten konnte man, nichts als warten, denn Warten war leise, ja, jetzt wusste er es, er würde einfach so lange warten, bis Stella in die Küche und dann auf die Terrasse kam.

Adrian ging zur polsterlos nackten Hollywoodschaukel und setzte sich quietschend hin, Kay, dachte er müde und augenblicklich, Gerda, dachte er, Schneekönigin, wo bleibt ihr? Gerda hatte die Kälte einfach ausgehalten, sie war durch den Schneesturm geirrt und hatte wie er keine Schuhe angehabt, also würde auch Adrian das aushalten, die nassen Socken, die Kälte unter den Füßen.

Die eisigen Messer kamen jetzt von überall, alles winselte, seine Zehen und Fingerspitzen und seine Wangen, sein Körper zog sich innen zusammen, aber Adrian blieb sitzen, warten, nicht aufgeben, drei weiße Atemzüge und dann noch tausend, und das Atmen fiel ihm schwer, das Atmen war kalt, aber weitermachen, weiter, und zittern jetzt, eisig zu flimmern beginnen am ganzen, ganzen Körper, der innen blau war und rot, und ein Schwefelhölzchen anzünden, nur ein einziges kleines Hölzchen, das wäre es.

Adrian wusste noch, wie das war, die Misses hatte ihnen das Märchen von dem Mädchen mit den Schwefelhölzern vorgelesen, das zusammengekauert im Hauseingang sitzt und erfriert und erfriert und erfriert. Stella und Adrian waren damals untröstlich gewesen und hatten Albträume gehabt, Stella noch mehr als er.

Bei dem Gedanken daran durchzog ihn ein kaltes, grimmiges Gefühl, der leblose Körper des kleinen Mädchens im Hauseingang, dieses ganze Bedauern drum herum, und dann war das Gefühl weg und er dachte, dass Aufstehen immerhin eine Möglichkeit wäre, also versuchte er es, auf-ste-hen, nichts, auf-ste-hen, nichts.

Es hatte keinen Sinn, Adrian blieb sitzen, er konnte ja nicht hoch, seine nassen Füße gehorchten ihm nicht. Hatte dieser *Tallest Man* das auch mal erlebt, hatte der riesengroß und mit seiner winzigen eingefrorenen Stimme auf einer Schaukel gesessen und nicht mehr aufstehen können? Adrian hörte ihn singen in seinem bibbernden Kopf, *well he'll walk in the city forever,* sang der größte Mann auf Erden, *oh, walk in a time to be gone/ Well there's no real goodbye if you mean it/ So hey, guess I'm forever alone.*

Aber eines wenigstens war sicher: dass man nicht mehr weiterwuchs, wenn man einfror.

Warum hatte er vorher nie daran gedacht?

Und Adrian zitterte und brannte kalt, und alles an ihm war Zähneklappern und Nichtmehraufstehen, aber leben, das wollte er, nur nicht mehr wachsen, nur nicht mehr er selber sein, nur noch schlottern und frieren und nicht mehr wachsen, und warten, darum ging es ja, warten wollte er, auf Stella wartete er, Stella Maraun, weil er endlich reden wollte in dieser stillen Nacht, die nicht heilig war und noch lange nicht vorbei.

Sich den Tod holen, dachte er, und kalt und zerfetzt klagte Adrians Lunge in seinem Körper, *Adrian Theiß verabschiedet sich von der Damenwelt,* er konnte immer noch nicht aufstehen, aber wie denn auch, wie denn? Wenn er all die Jahre noch nicht mal etwas so Einfaches geschafft hatte, wie von Stella Maraun gesehen zu werden. Obwohl er die ganze Zeit vor ihr gestanden hatte.

Er brannte und zerfror und konnte nicht weinen, nur noch warten, nur noch sitzen bleiben, und wie oft hatte er hier schon nicht mehr aufstehen wollen, mit Stella und der Misses, und wie warm waren diese Zeiten gewesen und wie sehr hatten sie nach Kakao geschmeckt.

Seine Zähne ratterten immer noch, nur langsamer

jetzt, weniger, das Zittern wurde schwächer. Aber er fühlte das sowieso nicht mehr so genau; alles, was er fühlen konnte, war dieser Hustenbonbon-Atem von damals, so nah war der gewesen und kein Mensch hätte erfrieren können mit so einem Atem in der Nähe, und weit hinten in seinem Gehirn ahnte Adrian etwas: dass er jetzt aufstehen müsste, *jetzt*, weil danach alles zu spät und zu erfroren wäre, und er zitterte immer weniger, wirklich, und dann stand er trotzdem nicht auf und die Stille, sie hörte sich jetzt stiller an und weiter weg, wie viel Zeit war vergangen, wie lange saß er schon hier, Stunden, Minuten, wie …

Da war etwas.

Adrian fühlte etwas Schweres auf seinen Schultern, jemand, irgendwer, hatte eine Decke um seine Schultern gelegt, und heller, es war auch heller geworden, Adrian konnte den Schnee glitzern sehen wie lauter kleine Rasierklingen, er konnte die Klingen spüren auf der ganzen Haut, auch unter der Decke ließen sie nicht von ihm ab, aufstehen, aufstehen!, und jetzt gelang es ihm endlich, er stand auf, weil ihm jemand wirklich und wahrhaftig *Aufstehen!* ins Ohr flüsterte und *Bitte!* und ihn wie ein Kind umfasste und vorsichtig und mit der Decke nach oben zog.

Diese Person.

Sie stützte ihn und zwang ihm flüsternd die Schritte aus den kalt lodernden Sockenfüßen, da, einen knirschenden Schritt, dann noch einen, dieser elende Schmerz in den Zehen, aber weiter, weitergehen, *wir schaffen das!* Und Adrian begann zu fallen, aber er fiel nicht, zwei Hände hielten ihn, und dann schob ihn der

Besitzer dieser Hände sanft und stumm in die verschwommene Küche und kurz darauf ins Wohnzimmer. Er half ihm aufs Sofa und wickelte ihn in alle Decken des Hauses ein, es waren wirklich unzählige, und Adrian musste ausgerechnet an diese albernen Serviervorschläge auf den Lebensmittelpackungen denken: an zehn Scheiben Schinken auf einer einzigen Scheibe Knäckebrot.

Diese vielen, vielen Decken.

Aber irgendwie war das kein Wunder.

Adrians Vater hatte schon immer gerne übertrieben.

KAPITEL 15

Die Decken drückten Adrian wie schwere Wollhäute ins Sofa hinein, aber das Frieren, es hörte einfach nicht auf und war überhaupt das Einzige, was Adrian fühlen konnte, Kampf der Titanen, Einsneunzig gegen den Weihnachtsfrost. Alles andere konnte er nur sehen, und hören konnte er es, aber es war getrennt von ihm und nicht von seiner Welt: sein stummer Vater, der ihm vergebens und ganz ohne Worte die Arme warm rieb, und seine Mutter, die auf einmal im Wohnzimmer stand und sofort zu weinen begann und pausenlos *Nein!* rief und *Was ist passiert?*, und wieder sein Vater, der sie zum schätzungsweise allerersten Mal im Leben anherrschte:

Hör auf! Du kochst jetzt Tee und kippst Zucker rein, der Junge braucht Tee mit massenhaft Zucker, und bis das Wasser kocht, rufst du den Doktor an, und das ist alles, etwas anderes braucht der Junge nicht! Der braucht jetzt vor allem keine Fragen, verstehst du?

Verschwommen kriegte Adrian mit, wie die Mutter auf der Stelle zu weinen aufhörte und wie ihm sein Vater jetzt schweigend die Füße rieb, die immer noch eisig flammten und unaufhörlich von Klingen durchbohrt wurden, sein ganzes Blut musste gefroren sein, und irgendwann dämmerte er weg und kam wieder zu sich, als sein Vater leicht an ihm rüttelte, um ihm den widerlich süßen Tee einzuflößen, der sich von der Kehle aus brühwarm in Adrians Körper fraß und ihn immer noch nicht enteiste. Unter so vielen Decken und mit dem Magen voller Tee fror er immer noch und war so müde, müde.

Später, als er die Augen wieder geschlossen hatte, konnte er die Stimme des Arztes hören, der extra gekommen war und ihm den Blutdruck maß und den Puls, der *Baden erst später!* und *Nicht die Füße reiben!* sagte und *Beobachten!*, und langsam, ganz langsam wurde es wärmer, ein neuer Schlaf, ein neues Wachen, und wie spät war es jetzt, wie früh, schon Morgen?

Dann hörte er, wie sein Vater sagte:

Komm.

Halt dich an mir fest!

Ich stütz dich.

Und Adrian ließ sich von seinem Vater hochziehen und halten, zentimeterweise ließ er sich ins Bad führen, vorbei an den verstummten Augen der Mutter, und dann passierte das Peinlichste, was er sich überhaupt vorstellen konnte und was er nie zugelassen hätte, wenn er nicht so schlapp gewesen wäre, nie im Leben! Aber er ließ es geschehen. Kraftlos, das Gehirn in Millionen Decken gewickelt, sah er dabei zu, wie ihn sein eigener Vater auszog, Pullover, Jeans, Unterhose, so lange, bis Adrian vollkommen weiß war, nackt.

Und auf einmal fühlte er wieder etwas, das nichts mit Kälte zu tun hatte, im Gegenteil; er spürte die warme, fleischige Hand des Vaters auf seinen hervorstehenden Rippen kurz zusammenzucken, seine massigen Finger, die genau auf die Rippen passten, die exakt dafür gemacht waren, und durch die Hand seines Vaters konnte er selber spüren, wie dünn und wie wenig er geworden war in den letzten Wochen.

Er hatte immer nur das Nötigste gegessen, eigentlich nur abends und an den Wochenenden, dann, wenn er unter Beobachtung stand. Er war die ganze Zeit gelaufen und für niemanden verdächtig gewesen, weil Dünne, die noch dünner wurden, offenbar gar nicht weiter auffielen. Aber jetzt, jetzt war es aufgefallen, zum ersten Mal hatte die Hand seines Vaters etwas gemerkt, und trotzdem sagte er noch immer nichts, dieser sanfte, aufbrausende Bärenmensch. Stattdessen half er seinem Sohn einfach nur in die Badewanne und setzte sich auf den Wannenrand.

Nach dem Baden trocknete er ihn hastig ab und zog ihm einen knapp bemessenen Schlafanzug an, den die Mutter bereitgelegt hatte und der auf der Brust mit einem verwaschenen Superman verziert war. Adrian roch das Waschmittel und fühlte sich sicher, ganz klein war er, ein Kind. Und auch das Bettzeug, in das er kurz darauf gewickelt wurde, hatte diesen Geruch, Kindsein, Kleinsein, und er kriegte noch mit, dass sein Vater eine Isomatte neben dem Bett ausrollte, eine Decke holte und sich hinlegte, dann dämmerte Adrian wieder weg, wachte auf, schlief wieder ein, ein langsam dahingezitterter Schlaf, schlafen und wachen, schlafen.

Als Adrian endgültig und mit Halsschmerzen aufwachte und das Zimmer hell war und der neue Tag schon wer weiß wie lang auf den Beinen, da konnte er es sehen.

Dieses Bild.

Dieses schöne Bild, zum Heulen.

Und etwas Ängstliches, Warmes floss in ihn, so wie

manchmal, wenn er in der Stadt war und Sirenen hörte und die Krankenwagen in Gedanken umleitete, damit sie nicht zu ihm nach Hause fuhren.

Dieses Bild.

Neben seinem Bett lag nicht nur sein Vater, neben seinem Bett lagen jetzt seine vollständig versammelten Eltern, sein Vater und seine Mutter, zwei umgefallene Figuren, die ihn durch die Nacht gebracht hatten, die leise atmeten und laut schnarchten, hier, dort. Der Vater hatte den Arm um die Mutter gelegt und die Mutter trug ein geblümtes Nachthemd und ließ ein grauweißes Bein mit Sockenfuß aus der Decke hängen und war diejenige der beiden, die für das laute Schnarchen zuständig war, sie hatte wild zerzauste Haare und im Gesicht einen halb offenen Fischmund und sah alles andere als schön aus.

Und doch.

Adrian wusste es.

Nie, kein einziges Mal im Leben, war ihm seine Mutter so wenig peinlich gewesen wie an diesem Morgen.

KAPITEL 16

Adrians Lunge hielt noch zwei Tage durch, dann ergab sie sich, lauthals und wund. Nach seiner kältesten Nacht war er die ganze Zeit im Bett geblieben, seine Kraft schien in diesen Stunden restlos erfroren zu sein. Ab und zu hatte er versucht aufzustehen, aber seine Beine waren immer wieder eingeknickt.

Dieser Mut, einen Schritt zu tun.

Eingeknickt.

Oft hatte jemand an seinem Bett gesessen, die meiste Zeit sein Vater, der einfach nur da war oder seinen Sohn mit Zwieback fütterte oder auf seinem Laptop schrieb, dann, wenn er fälschlicherweise glaubte, Adrian könne ihn nicht hören. Seine Eltern hatten zwei ganze Weihnachtsbraten vertagt und behaupteten, dass Gänse außerhalb der Feiertage sowieso viel besser schmeckten. Gerade aus dem Munde seines appetitreichen Vaters hatte das nach einer ausgeklügelten Schwindelei geklungen, aber Adrian hatte keine Kraft, um sich über ihn lustig zu machen.

Der Husten und das Fieber waren nicht gleich gekommen. Adrian hatte erst Halsschmerzen gehabt und später nicht mehr richtig schlucken können, erst dann wurde er fiebrig geschüttelt, außerdem hatte ein bellender Husten begonnen, seine Brust zu zerreißen.

Mein Junge, hatte sein Vater immer wieder gesagt.

Alles wird gut, hatte seine Mutter immer wieder gesagt, zumindest hatte sie versucht, das zu sagen, aber sie war schon immer eine schlechte Schauspielerin gewesen und ihr Satz hatte deshalb jedes Mal wie eine Frage geklungen.

Und als alles eben nicht gut wurde und Adrian immer heftiger hustete und ihm die Rippen immer mehr wehtaten, da hatten sie wieder den Arzt geholt, der ihn abhörte: Lungenentzündung, Rippenfellentzündung, drei Tabletten täglich und das wird schon wieder und bitte sehr, absolute Bettruhe!

Es war wirklich nicht nötig, dass ihn seine Eltern nicht mehr alleine ließen. Adrian hatte ganz entschieden nicht vor, noch mal raus in die Kälte zu gehen und sein Erfrieren ordnungsgemäß zu Ende zu bringen. Er lag einfach nur da und hustete, während in seinem Zimmer leise der Fernseher lief, und er ertrug die schlechten Schauspieler an den Nachmittagen und später, an den Abenden, diese verfrühten Jahresrückblicke, bei denen immer die letzte Dezemberwoche fehlte, als wäre die nicht der Rede wert.

Er fieberte und fror und schwitzte, ließ sich Tee einflößen, dämmerte weg, hustete sich immer wieder nasshaarig aus dem Schlaf und hörte seinen Eltern dabei zu, wie sie kein Wort über die kälteste Nacht verloren.

So dass er es fast selber glaubte.

Dass es diese Nacht nie gegeben hatte.

Seine Mutter und sein Vater hatten sich, wenn man von ein paar Floskeln absah, auf eine andere Sprache geeinigt: auf die Sprache der aufgeschüttelten Kissen und der harmlosen Blicke, auf die Sprache der kalten

Waschlappen und des heißen Tees, auf die Sprache der trockenen Augen und des Elternschweigens. Aber während seine Mutter tatsächlich fast nichts sagte und in Adrians Gegenwart keine einzige ihrer berühmten Tränen vergoss, erzählte sein Vater wenigstens ab und zu mal etwas, das aus mehr als aus anderthalb Sätzen bestand, und Adrian hatte das Gefühl, dass er sich damit vor allem selber ablenken wollte.

Das Einzige, was sein Vater zu der kältesten Nacht gesagt hatte, das war, dass alles reiner Zufall gewesen war, nichts anderes als das, und dass er aufgewacht war und nachsehen wollte, ob das Zimmer seines Sohnes immer noch abgeschlossen war. Und nachdem er das gesagt hatte, hatte er Adrian wieder Tee gegeben, Schluck für Schluck für Schluck, keine weiteren Fragen.

Keine weiteren Antworten.

Und schläfrig fieberte er sich weiter durch die Tage und die Nächte und hätte sowieso keine Fragen stellen können und keine Antworten kriegen, er hustete und wusste nichts, und nichts hätte er erklären können, nichts bereuen, nur schlafen konnte er, nur müde sein. Nachts hörte er manchmal seine Mutter weinen und seinen Vater durchs Haus laufen, aber er konnte nichts tun. Nur schlafen.

Das Unglaubliche war, dass so gut wie alle in der Nachbarschaft über Adrians Krankheit Bescheid wussten, aber dass seine Eltern ansonsten dichtgehalten und außer dem Arzt niemandem verraten hatten, auf welche Weise Adrian zu seiner Lungenentzündung gekommen war. Nicht mal Misses Elderly wusste, was genau passiert war, auch wenn sie normalerweise alles herauskriegte, was sich in ihrer Umgebung herauszukriegen lohnte.

Und als sie drei Tage nach der kältesten Nacht an Adrians Bett saß, durchforstete er ihr zerrunzeltes Gesicht gleich nach Dingen, die sie mitgekriegt haben könnte. Vielleicht war sie nachts am Kühlschrank gewesen, um Milch direkt aus der Packung zu trinken, wer konnte das wissen. Aber nichts im Gesicht der Misses deutete auf den Tod hin, mit dem Adrian auf der Hollywoodschaukel gesessen hatte, lange Zeit in gar keine Decken gehüllt, und nichts, wirklich gar nichts ließ vermuten, dass Misses Elderly etwas gesehen oder auch nur telepathisch erfahren hatte.

Sie strich Adrian über den Kopf, was ihr gar nicht ähnlich sah, und fragte:

Wir sind ein bisschen geschrumpft, was?

Adrian antwortete mit einem ausgedehnten Hustenanfall, und Misses Elderly wartete geduldig ab und zuckte nur manchmal kurz zusammen, wenn Adrian besonders laut bellte. Er war kaum auszuhalten, dieser Schmerz in seinen Rippen bei jedem Husten und Husten, ein Gefühl wie Seitenstechen beim Langlauf, er hasste Sport.

Ja, findest du?, fragte er schwach zurück. Das ist, weil ich liege.

Die Misses blickte ihn an, ihr Mund ein lachender Strich, und trotzdem sah sie besorgt aus.

Hast du mal in den Spiegel geguckt?, fragte sie mit erstaunlich zittriger Stimme. Du siehst tot aus.

Adrian hustete so heftig, dass er kurz davor war, sich zu übergeben, na klar, er hatte sich im Spiegel gesehen, sein Gesicht, das die Farbe von schmutzigem Schnee hatte, die tiefen Ringe unter seinen glasigen Augen, sein knochiges Gesicht, in das sein nicht müde werdender

Vater einen Zwieback nach dem anderen gestopft hatte und das davon trotzdem kein Fett ansetzte, Adrian wusste, wie er aussah.

Keine Sorge, sagte er. Das hätte ich gemerkt. Wenn ich schon tot wär, meine ich.

Dann blieben sie einfach so sitzen, und die Misses atmete eine Stille aus, die von Adrians Husten in kleine Portionen zerteilt wurde. Nach einer langen, schweigenden Weile sah sich Misses Elderly im Zimmer um. Wahrscheinlich fiel ihr auf, dass es aufgeräumt war und auf dem Teppich keine Papierfetzen mehr lagen, denn sie sagte:

Ach ja. Hier. Bevor ich das vergesse. Ich hab dir was mitgebracht.

Und aus einer großen Umhängetasche, die Adrian noch nie bei der Misses gesehen hatte, holte sie einen gewaltigen Stapel irgendwelcher Blöcke heraus und sagte:

Hier. Skizzenblöcke, alle herabgesetzt. Und fang bloß nicht wieder damit an, dass du nicht mehr zeichnest, dann bin ich nämlich sofort weg.

Adrian hustete einfach nur: danke, aber die Misses war dann trotzdem sofort weg, weil sie noch einen Termin hatte, Yoga oder so. Aber sie kam wieder, später, zwei oder drei Mal saß sie an Adrians Bett und hörte ihm beim Husten zu. Und auch Stellas Mutter kam und brachte Obst vorbei und Muffins, und Till kam, ein Junge aus Adrians Klasse, der ihm vorher nie aufgefallen war und der der Einzige war, der mit im Ort wohnte, und Veit kam, kurz nur, und sogar Tamar brachte fast jeden Tag eine Thermoskanne mit einem entsetzlichen Teegebräu vorbei: Berberitze und Ehrenpreis und wildes

Malvenkraut, alles getrocknet und aus Georgien, komm, großer Junge, trink das, trink viel davon.

Tamar war jedes Mal so lange geblieben, bis sich Adrian zwei ganze Tassen von dem Gesöff hineingequält hatte, erst dann war sie wieder gegangen und hatte winkend damit gedroht, am nächsten Tag wiederzukommen. Und wirklich, sie wurde nicht müde und kam immer wieder und war eine entschlossene, aber schweigsame Teewächterin, schüttelte ihm ab und zu das Kissen auf oder öffnete das Fenster. Tagelang war Adrian fast nicht allein, und das war gut so, auch wenn er ein eher schwächlicher Gastgeber war, mit schlechten Manieren und noch schlechterem Atem. Aber durch die vielen Besucher hatte er wenigstens keine Zeit, um über die Hollywoodschaukelnacht nachzudenken, die ihm peinlich war und von der er nichts mehr wissen wollte.

Und dann, genau einen Tag vor Silvester, versuchte Adrian gegen Abend einen Comic zu verstehen, blieb aber die ganze Zeit auf einer Seite hängen und kapierte nur eins: dass jemand an die geöffnete Tür klopfte, wahrscheinlich Tamar, die ihn wieder mit ihrer übel riechenden Teelieferung quälen wollte.

Adrian schaute hoch und wollte gerade sagen: Heute nur eine Tasse, okay?

Aber wer da stand, war nicht Tamar.

Es war Stella.

KAPITEL 17

Der Husten war eigentlich das Schlimmste gewesen in den letzten Tagen, diese Schmerzen in der Brust und in den Rippen, das peinliche Würgen und der Lärm in den eigenen Ohren. Aber jetzt kam er Adrian vor wie ein guter Freund, der im richtigen Moment zur Stelle war und sich vor ihn warf, zwischen ihn und das, wovor er Angst hatte. Denn als Stella neben seinem Bett stand und größer als er selbst war, da begann er zu husten, immer lauter und mit immer tränenderen Augen, er hörte gar nicht mehr auf und flehte insgeheim, dass das so weitergehen würde, für immer oder wenigstens so lange, bis Stella freiwillig ihren Posten verließ.

Aber irgendwann hatte er allen Husten aus sich herausgehustet, und Stella, die die ganze Zeit mit ungläubig blauen Augen abgewartet hatte, setzte sich im Schneidersitz neben Adrians Bett, öffnete den Mund, schien etwas sagen zu wollen und sagte dann doch nichts. Ihr Gesicht, das sogar noch hübscher war als in Adrians vergangenem Leben, schwieg ihn an, und Adrian versuchte zurückzuschweigen und ahnte, wie wenig gelungen er dabei aussehen musste: mit fettigen, viel zu langen Haaren, mit ausgeleierten Sweatshirtärmeln und seinem blass verkorksten Gesicht. Adrian konnte erkennen, wie unwohl sich Stella fühlen musste, verloren schaute sie sich im Zimmer um und murmelte:

Die Misses hat gesagt, ich soll mal nach dir sehen. Hat dich ganz schön erwischt, oder?

Geht so, sagte Adrian und sah zur Decke hoch; was Stella konnte, konnte er schon lange. Und am liebsten hätte er gerufen: Ohne dich wäre das alles nicht passiert, verstanden?, gebrüllt hätte er es, dass das Haus eingestürzt wäre, aber er brüllte ja nicht mehr, so lange schon hatte er das nicht mehr getan, es war eine stille und verschwitzte Zeit, in der er lag und immer liegen würde.

Wie ist das passiert?, wollte Stella wissen, nein, sie wollte es bestimmt gar nicht wissen und fragte einzig und allein aus Höflichkeit, so wie sie ja auch nur gekommen war, weil die Misses es ihr aufgetragen hatte.

Einfach passiert, antwortete Adrian der Fremden, die Stellas Gesicht trug, und er versuchte dabei so gelangweilt wie möglich zu klingen.

Hmm, machte Stella und schaute interessiert auf ihre Fingernägel.

Dann schwiegen sie ein paar Runden, und das war etwas, das Adrian gar nicht kannte. Sie hatten immer so viel geredet, stunden- und jahrelang, so als hätten sie damals schon geahnt, dass das für ein ganzes Leben reichen musste. Die Stille war unerträglich, und als Stella keine Anstalten machte, irgendwas zu sagen, und als auch kein neuer Hustenanfall in Sicht war und Adrian zu allem Unglück noch den silbrigen Lack auf Stellas Fingernägeln entdeckte, fragte er sie, ohne sie dabei anzusehen, ausgerechnet:

Warum hast du die Terrassentür zugemacht?

Sofort war Adrian klar, was für eine selten dämliche

Frage ihm da passiert war und dass er sie niemals mehr ungestellt machen konnte. Und auch wenn Stella offensichtlich keine Ahnung hatte, wovon er sprach, würde sie schon irgendwann drauf kommen, und dann wüsste sie auch, dass …

Schon gut, winkte Adrian hastig ab. Egal, vergiss es wieder.

Wieso, was meinst du?, fragte Stella.

Vergiss es wieder!

Die Terrassentür … was hast du … die hab ich noch nie … Olivia macht die manchmal … was soll das, Adrian?

Vergiss es!, fuhr er Stella an, eine Spur zu schnell für jemanden, der verschwitzt im Bett lag, und sie sah ihn nicht gerade freundlich an und fragte:

Was willst du mir damit sagen? Was soll das hier alles, was …

Und da packte ihn die Angst, dass es Stella genau jetzt herausfinden würde, sein klirrendes Geheimnis, und sie würde angewidert gehen und endgültig weg sein, noch mehr weg als ohnehin schon, also musste er sie ablenken, aber wie? Und dann wusste er es und schloss die Augen, winzig war er mit all dem Bettzeug, nichts weiter als ein schlecht gekämmter Kopf, und mit einem jähen und ärgerlichen Anflug von Kinderschluchzen fragte er:

Ist es, weil er kleiner ist?

Stella sagte nichts, aber in ihrem Blick wuchs der Eissplitter, eine weiße Scholle, die im Meer dahintrieb.

Ich könnte mir, fuhr Adrian fort, die Beine amputieren lassen, dann wären wir ungefähr gleich groß.

Früher hätte Stella die Augen verdreht und gesagt:

Lass mal, es reicht schon, dass sie dir das Gehirn amputiert haben.

Aber vorbei.

Stella sagte nichts, sah Adrian nur finster an, und in diesem Moment stand fest: sie konnten es nicht mehr. Nicht mehr miteinander reden, nicht mehr lustig sein zusammen, sie waren Meister darin gewesen und kriegten es einfach nicht mehr hin, die amputierten Beine wanderten durch eine längst vergangene Zeit, es war vorbei.

Aber dann passierte etwas, das hier nicht hingehörte, etwas Ungeahntes und ganz und gar Neues. Adrian hatte hundertprozentig nicht damit gerechnet, und es machte die Sache noch viel komplizierter und unbegreiflicher, *hör auf, bitte,* aber Stella hörte nicht auf.

Stella Maraun.

Im Schneidersitz, direkt neben seinem Bett.

Sie hatte angefangen zu weinen.

Es war das erste Mal, dass Adrian Stella weinen sah. Sonst war sie allerhöchstens wütend gewesen und zornig und hatte ihre Traurigkeiten unter seinem Schreibtisch oder in anderen Verstecken verbracht, ganz ohne Tränen. Aber jetzt weinte sie, so leise, so klein, das zitternde Gesicht hinter ihren Händen verborgen. Adrian wusste nicht, was er tun sollte, sie am Arm streicheln, zum ersten Mal im Leben, und ausgerechnet jetzt? Sollte er sagen, hey, Stella, was ist denn los, kann ich dir helfen?

Aber er brauchte gar nichts zu sagen, das übernahm Stella für ihn, Stella, die nach Lichtjahren endlich die Hände vom Gesicht nahm, dringend ein Taschentuch für ihre Nase gebraucht hätte und ihn aus zwei roten Meeren ansah.

Ich halt das nicht mehr aus, sagte sie leise.

Dann holte sie umständlich ein zerknülltes Papiertaschentuch aus ihrer Hosentasche, putzte sich laut die Nase und sah Adrian fragend an.

Er blickte zur Seite und wusste nicht, was jetzt noch kommen sollte, und wer hatte denn jetzt ein Problem, Stella etwa? Wohl kaum.

Ich halt das nicht mehr aus, sagte Stella noch einmal. Was ist denn los mit dir? Du bist so anders, kannst du mir endlich mal sagen, was los ist? Bist du … ist es … wieso redest du denn nicht?

Adrian sagte kein Wort. Er merkte, dass er Stella für ein paar Sekunden nicht mochte; es war grausam, so etwas von ihm zu verlangen: dass er ihr das sagte, was sie sowieso schon die ganze Zeit gewusst hatte. Stella putzte sich noch einmal die Nase, bevor sie mit dem Entsetzlichsten rausrückte, was er je gehört hatte.

Es tut mir leid, sagte sie. Ich bin in Dato verliebt. Und er in mich.

Es war wie Gewürgtwerden, wie etwas Schweres, das von weit oben auf ihn fiel, etwas Kälteres als die kälteste Kälte, es war seine größte Angst, es waren Schläge von überall und überallhin, es war sterben und wahnsinnig werden und nackt und groß vor der Klasse stehen, es war alles, was nur wehtun konnte, ein Herunterfallen von der höchsten Aussichtsplattform der Welt, vierhundertvierundsiebzig Meter tief, es war die letzte Sekunde seines Lebens.

Adrian presste die Augen zusammen und das Herz und versuchte es auch mit den Ohren, aber es funktionierte nicht, verflucht, wer hatte sich das ausgedacht: Ohren, die man nicht schließen konnte?

Und ich will, sagte Stella, endlich mal über Dato reden. Ich will, dass ich dir das erzählen kann und dass du nicht gleich wieder ausflippst, ich will dir erzählen, dass …

Die Ohren schließen.

Das Gesicht ganz klein machen wie eine Rosine, alles zumachen, dass die Worte nicht mehr hereinkamen.

… dass er singen kann, das will ich dir verdammt noch mal erzählen, dass er mir vorsingt, immer Lieder aus Swanetien, die sind alle so schön und so traurig und er kennt Swanetien gar nicht, weil er in Deutschland geboren wurde und …

Hör auf, Stella, flehte Adrian stumm, die Augen jetzt wieder geöffnet, aber Stella schien um ihr Leben zu reden, sie hörte nicht auf, wieso denn auch, wo sie schon so schön dabei war.

… und ich mag diese ganze Familie und bitte, du musst sie auch mögen, ich hab so was noch nie erlebt, und du musst das verstehen, bitte versteh das doch endlich mal, und sag doch mal was, Mann, ich weiß überhaupt nicht mehr, was ich denken soll!

Stella liefen die Tränen über die Wangen, in ihre Hand hatte sie das Taschentuch gepresst, so wie Adrians Mutter das damals auch getan hatte, und er konnte gar nicht sagen, wie sehr er diese zusammengeknautschten Taschentücher hasste und immer hassen würde, und wahrscheinlich sah sein Gesicht genauso aus, zerknautscht und nur noch zum Wegwerfen geeignet. Aber Stella war noch nicht fertig und sagte:

Weißt du noch, wie wir damals geklingelt haben? Da kannte mich Dato schon, da hatte er mich schon gesehen gehabt und …

Still war es, dunkel, fast ohne Luft.

Schwarz war es.

Und so still.

Am Ende war es ganz einfach gewesen zu verschwinden, er hatte sich einfach nur unter seine Bettdecke kauern müssen und lag jetzt da, mit seinem winzigen Körper, einer kleinen, handlichen Kugel ganz nach dem Geschmack seiner Mutter. Wie ein Embryo kauerte er unter seiner Decke und hielt sich die Ohren zu, frei, er war endlich frei!

Stundenlang so daliegen.

Stundenlang frei sein, weg sein, im Dunkeln, in der Stille, und vielleicht schlief er zwischendurch ein, vielleicht war er die ganze Zeit wach, was hieß das schon, wichtig war nur eins: dass Stella, als Adrians Kopf sein Versteck wieder verließ, gegangen war und dass Adrian beim Anblick des leeren Zimmers hustete und dann schlagartig dachte:

Es ist nicht, weil er kleiner ist.

Es ist, weil er Dato ist.

Und was er fühlte, war Traurigkeit, überall, in seinen Armen und Beinen und seinem unnützen Herzen. Was er fühlte, das war, dass er endgültig verloren hatte, nämlich: alles. Und trotzdem war da auch Erleichterung, drei oder vier Gramm und fast nicht zu spüren, und er wusste nicht, wie er das verstehen sollte, Stellas Worte waren nun wirklich kein Anlass, um erleichtert zu sein.

Er musste aufstehen, das merkte er jetzt, seit sechs Tagen hatte er immer nur im Bett gelegen, wenn man die Toilettenpausen abzog. Es war genug, sechs Tage waren mehr als genug. Außerdem hatte er Hunger, und er wusste nicht, wann er das letzte Mal diesen Wunsch gehabt hatte: etwas zu essen, etwas zu schmecken, zu kauen, herunterzuschlucken. Mühsam richtete sich Adrian auf und schaffte es erst nach drei Versuchen, aufzustehen, um dann auf atemlosen Beinen aus seinem Zimmer und über den Flur in die Küche zu wanken.

Sein ganzer Körper.

Er war so müde.

Adrian tastete sich an der Wand entlang, bis er sich endlich gegen die Kühlschranktür lehnen und durchatmen konnte, er war allein, er war ganz für sich. Er drehte sich um, trat einen Schritt zurück, machte den Kühlschrank auf und trank Milch direkt aus der Packung, eine Unart, die er sich mit der Misses teilte und die schon immer das Tröstlichste war, was er sich nachts vorstellen konnte. Seine Brust war aber anderer Meinung, sie jammerte, als sie die Kälte diesmal von innen abkriegte, und fühlte sich offensichtlich überhaupt nicht getröstet.

Adrian entdeckte einen Teller mit Frikadellen und begann zu essen. Eine nach der anderen kaute und verschlang er, und schon lange hatte er nichts mehr so gerne gegessen wie das hier, das letzte Mal vielleicht bei Tamar, aber das zählte nicht. Ihm war nach Weinen zumute und nach Lachen, seine Augen füllten sich, aber er wusste nicht, womit, mit geweinten oder gelachten Tränen, oder mit beidem. Und er trank und er aß und es gab nur ihn auf der Welt und das Licht des Kühlschranks und das Gefühl, dass etwas anders geworden war, nur was? Und erst später, als er die Kühlschranktür wieder geschlossen hatte und sich mit der Stirn matt dagegenlehnte, erst da hörte er seine Eltern.

Ihre Stimmen mussten aus dem Wohnzimmer kommen. Adrian wankte in den Flur und blieb gleich wieder stehen, um sich irgendwo festzuhalten. Es war seltsam, dass er im Bett gar nicht gemerkt hatte, wie wenig Kraft ihm geblieben war, und er ärgerte sich darüber, denn sie fehlte ihm, die Bewegung, ganz gleich, ob er nun durch das Haus oder den Schnee lief.

Da, wieder.

Seine Eltern.

Die Wohnzimmertür war nur angelehnt, und als Adrian durch den hellen Türspalt sah, entdeckte er seine Eltern auf dem Sofa. Sie saßen so dicht beieinander, dass es Adrian fast unangenehm war, und seine Mutter schluchzte und sagte:

Aber wenn doch? Wenn er es doch versucht hat?

Sein Vater streichelte mit dem Daumen über ihre Wange und sagte:

Das glaub ich nicht. Irgendwie glaub ich das nicht.

Ich bitte dich, sagte seine Mutter mit tränender Barschheit, was soll das denn sonst gewesen sein? Und Doktor Wendt hat uns extra Broschüren mitgebracht! Wir müssen was tun! Im neuen Jahr ruf ich da an.

Adrians Vater rückte jetzt ein paar Zentimeter von ihr weg und sah sie an.

Ich sage dir jetzt was. Der Junge braucht nichts, was in Broschüren steht. Nichts, hörst du. Der braucht keinen Psychologen und auch keine Hormone. Vielleicht braucht der nur, dass wir ihn nicht alleinlassen. Und dass er nichts davon mitkriegt.

Für dich ist immer alles ganz einfach, fuhr ihn Adrians Mutter an. Aber *willst* du's nicht verstehen? Unser Sohn wollte sich umbringen! Verstehst du das? Wir könnten jetzt einen toten Sohn haben! Unser ganzes Leben lang würden wir einen toten Sohn haben.

Und erschöpft, aber absolut lebendig schlug Adrian in genau diesem Moment die Tür auf und übte ein paar Schritte und stand dann vor seinen Eltern, er lebte, er würde weiterleben, mit einer Überdosis Frikadellen im Bauch und strähnigen Haaren und ohne Stella, aber weiterleben, so viel war klar. Er sah seine Eltern vor ihm sitzen: seine Mutter mit weinendem Gesicht und seinen Vater mit roten Flecken auf den Wangen, trockenen Ersatztränen. Sie saßen auf dem Sofa wie in der ersten Reihe eines Theatersaals und warteten auf seinen Auftritt, und da stand er, Adrian Theiß, vierzehn Jahre alt, ehemals Einsneunzig, ehemals froh, und gab sein Bestes. Er sah in die Augen seines kleinen Publikums, suchte nach Worten, fand keine, suchte und suchte und lallte dann lächerlich schwach:

Ich *wollte* nicht erfrieren!

Ich weiß nicht, was ich wollte, keine Ahnung. Bloß eben nicht tot sein.

Und als hätte er sich tagelang auf diesen Bühnenauftritt vorbereitet gehabt, beendete er seine Vorstellung mit einem perfekt ausgeführten Zusammenbruch direkt auf dem Wohnzimmerteppich; erst gaben seine Augen nach und dann, als schon alles dunkel war, auch seine Beine, er sank nach unten, fiel einfach in sich zusammen und kauerte, als bedienungsfreundliche Klapp-Ausgabe, vor dem nächtlich erschrockenen Sofa.

KAPITEL 18

Adrian lebte sein Leben weiterhin vom Bett aus, er hatte sich der Länge nach ergeben. Sogar am Silvesterabend lag er einfach nur da und sah sich irgendwelche Sendungen im Fernsehen an, zusammen mit seinen Eltern, die auf dem Teppich vor seinem Bett saßen und keinen einzigen Schluck Sekt tranken.

Seit Adrians Auftritt und seinem dramatischen Abgang sahen sie erleichterter aus. Die Sätze, die sich Adrian herausgequält hatte, schienen sie beruhigt zu haben, vielleicht hatte er exakt die Worte gefunden, auf die sie die ganze Zeit gewartet hatten. Sie redeten jetzt wieder mehr, sogar seine Mutter, aber nie, kein einziges Mal, fragten sie nach Stella, das hatten sie auch in all den wütenden Wochen nicht getan. Dabei musste ihnen aufgefallen sein, dass Stella ihren Nebenjob als Dauergast aufgegeben hatte, wenn man mal von ihrem kurzen Besuch vor Silvester absah.

Von Tag zu Tag hustete Adrian weniger, seine Rippen taten nicht mehr weh und sein Arzt hatte nach dem letzten Abhören ein fast zufriedenes Gesicht gemacht. Allmählich fühlte Adrian die Kraft zurückzukehren, ganz langsam nur, in winzigen Rationen, aber genug, um eines Morgens einen von Misses Elderlys Skizzenblöcken zu holen und mit ins Bett zu nehmen.

Alle herabgesetzt.

Von wegen.

Die waren teuer gewesen, das sah er sofort, solche Skizzenblöcke landeten nie im Sonderangebot. Aber es war nun mal die Art der Misses, zu Geburtstagen oder ähnlichen Anlässen einfach das Geschenk zu überreichen und statt einer Gratulation zu sagen:

Keine Sorge. Das war herabgesetzt.

Adrian schlug das Deckblatt auf und strich mit den Fingern über die erste Seite. Das Papier war weich und rau, die richtige Mischung, und als er in der Mitte des Papiers angekommen war, fühlte er einen Schlag von Zuversicht, ein, zwei Sekunden nur, und leise und froh erschrak er darüber, fast überrascht, dass es dieses Gefühl überhaupt gab.

Und dann fing er an zu zeichnen. Mit irgendeinem Bleistift, der neben dem Bett lag und garantiert aus dem Sonderangebot stammte, zog er ein paar Linien und schraffierte ein paar kleinere Flächen und setzte Punkte, er – zeichnete die Misses.

Er hatte noch nie jemanden aus dem Kopf gezeichnet, aber das hier, das würde er schaffen, und wenn es Monate dauerte, Jahre, und er zeichnete und zeichnete, legte die Misses zwischendurch vorsichtig zur Seite und nahm sich ein paar traurige Zuggesichter vor, weil er die glücklichen noch nicht hinkriegte. Mit dem Laptop auf der Bettdecke und dem Stift in der Hand fing er an, die wütend zerrissenen Bilder wieder zusammenzusetzen und die zerstückelten Zugtraurigkeiten heil zu machen, indem er sie neu zeichnete, eine nach der anderen.

Jedes einzelne Bild dauerte ewig, er schaffte höchstens eines am Tag, wenn er Glück hatte, zwei. Und alles,

alles sog Adrian in dieser Zeit auf, die heiseren Bleistiftgeräusche auf dem Papier und die gelungenen Mundwinkel, das weiße Rascheln der Blätter und die glatten grauen Flächen, auf denen seine rechte Handseite lag, die ungeahnte Kraft in seinen Fingern und schließlich noch das hauchdünne und seltsame Gefühl, dass etwas Neues begonnen hatte.

Dass etwas weitergegangen war.

Gleichzeitig.

Und dann kam dieser Nachmittag, drei oder vier Tage nachdem die Heiligen Drei Könige ihre Unterschrift vorbeigebracht hatten, es kam dieser Nachmittag, an dem Adrian spürte, dass nicht nur sein Bleistift wieder gehen lernen sollte, sondern auch er selber.

Es war höchste Zeit.

Seine Mutter war arbeiten und sein Vater, der noch eine Woche Urlaub hatte, kämpfte sich durch irgendeinen Supermarkt, was Stunden dauern konnte, weil er sich einfach nie entscheiden konnte.

Vor allem beim Fleisch und bei den Süßigkeiten.

Adrian stand auf und probierte ein paar Schritte, er war immer noch schwach auf den Beinen, aber wusste gleich, dass er über den Berg war, dass er wieder eigenfüßig ins Leben gehen konnte, gleich, sobald er wieder gut roch.

Er duschte lange, er liebte es, wenn das Wasser auf seinen Kopf prasselte und er sich hinter flüssigen Gitterstäben vor der Welt verstecken konnte. Dabei musste er sich gar nicht mehr verstecken, nein, er hatte keine Angst mehr und würde dieser Welt direkt unter die Augen treten, gleich nach dem Anziehen. Und als er später frische Klamotten anhatte, roch er noch eine Weile am Ärmel und gewöhnte sich dann endgültig das Laufen an, mit dicker Jacke und Stiefeln und sogar mit Schal trat er vors Haus und merkte es sofort.

Der Winter da draußen.

Er hatte sich verändert.

Verlebt sah er aus, mit gelben Flecken auf dem grauen Schnee, und hart war dieser Schnee, an manchen Stellen zu glatten Flächen zertrampelt. Und zum ersten Mal seit Monaten mochte Adrian den Schnee, der genauso zerschunden war wie er selbst.

Diese Luft, die kühl und nicht eisig war! Meilenweit wurde Adrians Brust, er war frei, er atmete und konnte gehen, immer mehr Schritte gelangen ihm, eine ganze Stunde ging er durch den Ort, unverwundbar, strotzend vor Mut und vor Laufenkönnen. Er schaffte es nicht, den Leuten in den Blick zu sehen, das würde noch warten müssen, aber er hielt sein Gesicht in den schwachen Wind und knirschte und rutschte durch die Zeit.

Aber dann, nachdem er schon lange gegangen und fast wieder zu Hause war, zog ihn etwas in eine gefährliche Richtung. Irgendetwas ließ ihn ausgerechnet auf das Dreitotenhaus zusteuern, auch wenn es ganz bestimmt nicht Tamars heilender Tee war, den sie ihm vor ein paar Tagen zum letzten Mal gebracht hatte, sehr zufrieden mit seiner angeblichen Wirkung. Immer mehr näherte sich Adrian dem verhassten Haus, das sich überhaupt nicht verändert hatte und mit seiner Wischwasserfarbe gut zu dem aus der Mode gekommenen Schnee passte.

Nur eines war anders: Die Tür stand offen, und davor hatte sich eine kleine Menschentraube versammelt.

Mehrere Frauen redeten laut und fröhlich durcheinander, wahrscheinlich auf Georgisch, denn Adrian konnte kein Wort verstehen. Zwei ältere Männer mit grauen, halbrunden Kappen saßen auf der Bank vorm Haus und sprangen auf und gingen zu den Frauen, warfen ein paar Worte in das aufgeregt wabernde Gespräch, dann verschwanden alle nach und nach im Dreitotenhaus. Und als nur noch eine Frau draußen stand, genau da passierte es. Mit starkem Akzent sagte sie zu Adrian:

Kommst du mit ins Haus? Ich glaube, die fangen gleich an.

Äh, also!

Mehr konnte Adrian nicht antworten, aber die Frau schien trotzdem zufrieden mit der knappen Auskunft und hielt ihm von unten die Hand hin, als wollte sie ihn mit ins Haus ziehen wie einen kleinen Jungen. Und das Verrückte war, dass Adrian zwar nicht die fremde Hand nahm, aber trotzdem mit ins Haus trottete, er hatte keine Ahnung, warum er das tat, er dachte nicht nach und ging einfach mit. Und erst als er im überfüllten Flur stand und sich niemand um ihn kümmerte, konnte er diese Angst fühlen.

Er ließ die Schultern hängen und merkte, dass alles wie vorher war: dass er keine Kraft hatte und auch nicht heil war, nichts davon, er hatte nur noch Angst, am meisten wahrscheinlich vor sich selbst.

Und als er nach einer Weile immer noch unentdeckt herumstand und höchstens sehr weit entfernt die Stimme von Tamar ausmachen konnte, da zog es ihn zur Treppe hin. Und als immer noch niemand zu ihm sah, ging er langsam Stufe für Stufe nach oben, sein Herz zerhackte seine Brust von innen, aber er ging weiter, nach oben, wo das Geheimnis war. Die Stufen waren mit einem hässlichen Teppich ausgelegt und knarrten entsetzlich, aber keiner da unten kümmerte sich darum, es war sogar fast so, als flüsterten sie alle hinauf: Nur zu, Junge, nur zu! Worauf wartest du?

Und als er oben war, sah er nur Türen, die links und rechts von einem schmalen Gang abgingen, und auch hier war alles mit diesem altmodischen Teppich ausgelegt, rot und braun mit einem schwer verständlichen Muster.

Jetzt war er da, wo er schon vor zwei Monaten sein wollte, das Geheimnis, von Stella erstmals benannt, war nur ein paar lausige Meter von ihm entfernt. Und eigentlich hatte Adrian keine Ahnung, warum es ihn auf einmal wieder interessierte, es war ihm in den bettlägerigen Wochen mehr als egal gewesen, was seine Nachbarn zu verbergen hatten und ob es nun eine vermoderte Leiche war oder einfach nur ein selbst gebasteltes Monster.

Fast alle Türen waren geschlossen, nur eine stand einen Spalt offen und ließ einen Lichtstrahl frei. Ganz vorsichtig ging Adrian hin, schloss die Augen, atmete einmal kräftig ein und aus und sah durch den Spalt ins Zimmer: nichts. Nur rotes Licht, nur Dunkelheit. Er atmete noch einmal durch, öffnete die Tür, trat ins Zimmer, und dann …

Dann sah er es.

Eine große Stehlampe war für das rote Licht zuständig, ein paar kleinere Lampen verbreiteten ein schwaches gelbes Licht, außerdem brannten drei, vier Kerzen auf einer Art Altar. Über dem Kerzentisch hingen Heilige an der Wand, größere Ausgaben der Holztafeln, die Adrian schon unten in der Küche gesehen hatte, nur dass hier oben noch zwei silberne Reliefs mit Köpfen hingen, die ebenfalls sehr heilig wirkten. Daneben entdeckte Adrian ein Bild in einem Goldrahmen: Landschaft, zwei riesige Berge, kleine Häuser, Türme, und Adrian sah zum Fenster, vor dem die Vorhänge geschlossen waren, er sah Frühlingszwiebeln auf einem kleinen Nachtschränkchen und eine Schüssel mit einem grauen Brei, er sah Medikamente auf einer Kommode und einen alten CD-Player und einen gebrechlichen blauen Holzschrank, er sah flackerndes Licht auf der wild gemusterten Tapete und dann noch dieses Bett, ein Krankenhausbett mit bunt kariertem Bettzeug.

Und in genau diesem Bett lag das Zweitentsetzlichste, was Adrian je gesehen hatte: eine handfeste Leiche mit fahlem Gesicht und weißen Haaren und grauem Schnauzbart, unbewegt, starr, die Augen geschlossen. Und kurz darauf sah Adrian das Allerentsetzlichste, was er je undsoweiter, kurz darauf sah er etwas, das er nie, nie, nie wieder würde vergessen können.

Die Leiche.

Sie öffnete die Augen.

KAPITEL 19

Schreien, sie hätten schreien müssen, die Leiche und Adrian. Mit weit aufgerissenen Augen hätten sie einander anstarren und dann genau zeitgleich brüllen müssen wie die Wahnsinnigen, die auf der Kirmes Achterbahn fuhren. Aber sie brüllten nicht, keinen Ton gaben sie von sich, sondern sahen sich nur an, und schlierig schwarz waren die Augen des Leichenmannes, zu Hunderten flossen die Falten über sein Gesicht. Ein ängstliches Kind, das sich als toter alter Mann maskiert hatte, lag da und sah genauso schockiert aus wie Adrian selbst. Und beide schwiegen und schwiegen sie, und von unten hörte Adrian Stimmen und von draußen Autos, und unendlich lange blieb das so, bis die Zeit wieder losging.

Die Zeit machte sich durch ein langsames Stöhnen bemerkbar, das laut aus dem Mund der faltigen Männerleiche quoll, ein Wehklagen, das Adrian einen langen, eisigen Schauer über den Rücken laufen ließ. Und er stand noch ein paar Sekunden da und rannte dann los, zur Tür und auf den Flur und in Stolperschritten die Treppe hinunter, direkt in die Arme von Tamar und ihrem Wachtang-Mann.

Da war so viel, das in Adrian herumgewirbelt wurde, und er wusste nicht, wofür er sich entscheiden sollte: für den anhaltenden Schock und das klopfende Herz oder für die Angst oder für die Gewissheit, sich noch nie so geschämt zu haben wie in diesem Moment, als Tamar und Wachtang vor ihm standen. Datos Vater schien ihn anbrüllen zu wollen, aber Tamar fuhr ihn in einer heftigen Geheimsprache an und redete ihren Mann wild und drohend die Treppenstufen hinauf. Dann sah sie Adrian mit böse funkelnden Augen an, und er hasste, hasste, hasste sich und wusste, dass noch lange nichts ausgestanden war.

Und es kam noch schlimmer, Tamar schob ihn energisch in die Küche und drückte ihn dort auf einen freien Stuhl, von dem aus er dann endlich eine Vorstellung davon bekam, wie die Hölle ungefähr aussehen musste.

Die Hölle sah wie eine Küche voller Stühle aus. In der Hölle hingen Heiligenbilder und vorwurfsvolle Blicke, in der Hölle, da saß Dato und streichelte langsam Stellas Rücken auf und ab und auf und ab, als würde er schon mal das Messer wetzen für ihn, für Adrian Theiß, der schon ein paar Höllen bewohnt hatte, aber Himmel!, nicht diese hier. Er konnte nicht sagen, wie viele Menschen in dieser Küche saßen, viel zu viele, und sogar die Misses war dabei und schaffte es offenbar nicht, ihm ins Gesicht zu sehen.

Tamar setzte sich an den Tisch und stellte Adrian ein Teeglas hin, oder besser: sie knallte es ihm hin und schien sich keine Sekunde dafür zu interessieren, dass der Tee überschwappte. Adrian schob das Glas von sich weg, er wusste selbst nicht warum, vielleicht, weil es ihm Angst einjagte. Aber Tamar kannte kein Erbarmen und schob es ihm wieder hin. Sie ließ eine Hand am Henkel und sagte, wie eine Brücke über den Tisch gebeugt und mit einem noch stärkeren Akzent als sonst:

Ich weiß nicht, wie du mir das erklären willst.

Adrian schaute nach unten, auf das Teeglas und die Hand, er konnte nichts sagen, er schämte sich.

Du hast meinen Vater kennengelernt, machte Tamar weiter. Waliko. Wir planen hier eine Silvesterfeier für ihn.

Silvester ist vorbei, dachte Adrian und schwieg, er trug immer noch die dicke Jacke und den Schal und begann zu schwitzen.

Silvester ist vorbei, wirst du denken. Ja, sagte Tamar, das stimmt wohl. Aber es stimmt auch nicht. Das orthodoxe Silvester feiern wir zwei Wochen später. Das alte Silvester. Mein Vater erlebt das vielleicht zum letzten Mal.

In diesem Moment begannen die älteren Frauen, die rechts und links von Tamar saßen, deren Kopf zu streicheln und sie mit Geheimsprachewortten zu trösten, und Adrian dachte: jetzt! Genau jetzt würde er einfach aufstehen und verschwinden, und er erhob sich und – wurde wieder nach unten gedrückt, denn auch er hatte Sitznachbarinnen, links und rechts von ihm saßen zwei jüngere Frauen und verfrachteten ihn freundlich, aber sehr bestimmt auf seinen Platz.

Mitte der Neunziger mussten wir fort, sagte Tamar jetzt leise. Und es gab tausend Gründe, aus Georgien zu fliehen. Da waren ständig irgendwelche Unruhen. Aber stell dir vor, wir sind ausgerechnet vor ein paar Verrückten davongerannt.

Adrian wusste nicht wohin mit seinen Händen und nahm das Teeglas, das mittlerweile nicht mehr unter Tamars Fingerherrschaft stand. Er trank einen Schluck, dann noch einen und sah sich mit heißer, überzuckerter

Kehle in der Küche um, Stella: Blick nach unten, Misses Elderly: Blick aus dem Fenster, und Adrian wusste, er kam hier nicht mehr raus.

Wir haben in Mestia gewohnt. Alle in der Nachbarschaft. Meine Eltern, meine Brüder und ich mit Wachtang. Ein armes Leben war das. Aber ein gutes. Und dann hat einer meiner Brüder einen anderen jungen Mann getötet. Nicht mit Absicht, aber das war's dann. Die Familie des Toten hat Rache geschworen. Blutrache.

Adrian schaute zu Misses Elderly, die jetzt nicht mehr aus dem Fenster sah, ihn aber trotzdem ignorierte.

Und dann sind wir alle weg, erst nach Tbilissi und dann weiter. Meine Eltern konnten das nicht. Georgien verlassen. Hingen zu sehr an ihrem Land. Auch wenn sie nicht mehr in Swaneti waren. Die Schwester meiner Mutter hat sie dann bei sich aufgenommen, mitten in Tbilissi. Die ganze Zeit haben sie dort gelebt.

Adrian konnte nicht weg, aber eines, das konnte er: weghören. Und betont gelangweilt sah er zur Seite, zu irgendwelchen Leuten, die er noch nie zuvor gesehen hatte. Aber der Plan hörte schon nach ein paar Sekunden auf zu funktionieren, denn Tamar sagte streng:

Hör mir bitte zu, großer Junge!

Und Tränen warteten hinter seinen Augen, aber er ließ sie nicht raus, nicht vor Stella, nicht vor diesem Dato, der Schuld an allem hatte, und mit salzigem Blick sah er zu Tamar, die jetzt weitersprach:

Er war schon in Tbilissi krank. Zweimal hat ihn der Schlag getroffen, und meine Mutter hat ihn gepflegt. Aber dann ist sie vor ihm gestorben und meine Tante hat das übernommen. Mit ihren Töchtern. Das war das erste Mal, dass wir wieder in Georgien waren. Die Beerdigung meiner Mutter. Am letzten Abend hat mein Vater gesagt, dass er nicht bei seiner Schwägerin bleiben will. Der konnte gerade wieder sprechen. Und dann gleich so was.

Tamar lachte kurz und bitter.

Meine Tante ist ein altes Drachenweib. So, da hast du's. Von Swaneti wollte die nichts wissen. Aber wir konnten meinen Vater ja schlecht mitnehmen. Der hätte nicht hierbleiben dürfen. Der hatte ja in Georgien jemanden, der ihn pflegt. Aber dann haben sie meinem Vater geholfen, Skype zu benutzen. Der Sohn meiner einen Cousine ist jeden Abend mit dem Laptop in sein Zimmer gekommen, und dann haben wir mit meinem Vater gesprochen. Mit seinem Bild. Seine Sprache war kaputt, er war müde und hat manchmal das Gesicht verzogen wegen seiner Arthritis. Und von Mal zu Mal hat er trauriger ausgesehen. Aber über das Drachenweib hat er nichts mehr gesagt.

Adrian trank einen Schluck Tee, der jetzt nur noch lauwarm war, er merkte, dass er immer noch nicht vollends gesund war unter seiner Haut, und er dachte an den alten Mann da oben, an das komische Zimmer, an den Schock, als der zerfurchte Alte seine Augen aufschlug. Ganz kurz nur hatte er ihn gesehen, aber es war ein Bild, das für immer bleiben würde.

Tamar sagte:

Irgendwann war uns allen klar: Wir müssen ihn holen!

Ihre Augen funkelten entschlossen, eine ihrer Hände war zur Faust geballt.

Es hat ewig gedauert, bis wir ein Besuchervisum für ihn bekommen haben. Drei Monate ist das gültig, ein Witz. Wachtang ist nach Georgien geflogen und hat meinen Vater mitgenommen, mit Rollstuhl und allem. Der kann ja fast nicht mehr laufen. Aber jetzt ist er da, seit drei Monaten.

Und leise fügte Tamar hinzu:

Und zwei Jahren.

Dann schwieg sie, alle in der Küche hielten ihre Worte zurück, und die, die zufällig nicht Stella hießen oder Dato oder Misses Elderly, sahen ihn erwartungsvoll an, als wäre er ein Politiker und würde gleich eine große Rede halten.

Adrian hielt tatsächlich eine. Es war eine ziemlich kurze große Rede, hastig nuschelte er:

Tut-mir-leid-wegen-vorhin-kann-ich-jetzt-gehen?

Aber Tamar dachte gar nicht daran, ihn gehen zu lassen, und es war ihr auch nicht anzumerken, ob sie seine Frage überhaupt gehört hatte, sie sagte:

Wenn jemand was erfährt ... du kannst dir denken, was passiert. Der ist transportfähig, werden sie sagen. Der hat eine Pflegerin in Georgien, werden sie sagen. Fort mit ihm. Die Blutrache wäre auch kein Grund für die, dann hätte mein Vater ja nicht erst in Tbilissi bleiben müssen. Und ein georgisches Drachenweib? Auch kein Grund.

Tamar sah Adrian jetzt fast freundlich an, und er merkte, dass er sich ein wenig besser fühlte, weicher war ihm zumute, wärmer. Er sah nur noch Tamar, ihre Augen hielten ihn fest, warfen Schatten, hinter denen er sich verbergen konnte und ...

Stella. Dato.

Und er wollte das nicht sehen, dieses Schrecklichste: Stella und Dato, die Köpfe aneinandergelehnt, ihre Stirn an seiner, und warum war Adrian nicht einfach in Tamars Augen geblieben, warum hatte er nach rechts sehen müssen, wo sie auf Stühlen saßen hinten an der Wand? Und etwas, das er schon lange nicht mehr gefühlt hatte, riss ihn hoch, eine wütende Kraft, und als er stand, schlug Tamar mit ihren Händen so heftig auf den Tisch, dass die Teegläser klirrten.

Verrat ihn nicht, rief sie. Hier ist das einzige Swaneti, das er noch hat!

Adrian sah sie alle dasitzen. Stella, die ihre Stirn jetzt wieder für sich hatte, starrte ins Leere und schüttelte den Kopf, und Misses Elderly blickte ihn lauernd an, bestimmt, weil er damals gesagt hatte, dass er sich das vorstellen könnte: jemanden verraten. Und die Augen des Wachtang-Mannes, der jetzt wieder in der Küche war, beschossen Adrian mit giftigen Pfeilen, alle im Raum sahen ihn mit grimmiger Angst an, so wie man ein Kind ansieht, das gerade dabei ist, etwas Verbotenes zu tun, und alles an Adrian fühlte sich zu jung und verkehrt an.

Er war das Kind.

Die andern hatten die Macht.

Und auf einmal, für wenige Sekunden nur, da spürte Adrian, dass man es selbst in der Hand hatte, ob die anderen Macht hatten über einen. Es lag an einem selbst, den Spieß einfach umzudrehen und die Pfeile, und auch Schweigen konnte Macht sein, auch ein kleines, böses Lächeln konnte Macht sein, und Macht, das war, wenn man eine überfüllte Küche verließ, ein ganzes Dreitotenhaus sogar, ohne auch nur einmal zu sagen:

Keine Angst, ich verrat ihn schon nicht.

Und dann rannte er los, rannte, rutschte aus, rannte, und da war so vieles, was ihm auf den Fersen blieb bis tief in den Ort hinein: die Kränkung, für einen Verräter gehalten zu werden, der Wunsch, auch wirklich einer zu sein, die rasende Sehnsucht, diesem Idioten von Dato gehörig zu schaden, und dann noch die Angst vor der Angst der anderen. Und Adrian dachte: Stella, komm, wir zwei machen jetzt einen kleinen Spaziergang, aber niemand kam mit, er blieb allein. Da war nichts Klares mehr in Adrian. Da war nichts.

KAPITEL 20

Zwei Stunden rannte er durch die dunkelnde Stadt, durch den Feierabend starr blickender Menschen, durch fahle Pfützen von Laternenlicht. Und als er den Weg nach Hause gefunden hatte und vor der Haustür stand, wurde diese auf die Sekunde genau von seinen Eltern aufgerissen. Aber wenigstens ihnen nahm er die Angst, und er musste dafür nichts weiter tun, als vor ihnen zu stehen mit Stiefeln und Jacke und Schal, er brauchte dafür nichts anderes zu sein als lebendig, unerfroren.

Hey, sagte er.

Ihr.

Es war gut, dass sie nicht wussten, was ihm passiert war. Für sie war er einfach nur ein Sohn, der den Nachmittag ohne Abmeldung überlebt hatte. Und dass sie nichts von Adrians peinlichem Auftritt wussten, fühlte sich ein wenig so an, als wäre er gar nicht geschehen.

Hey, erwiderten seine Eltern im Duett.

Es klang künstlich und passte überhaupt nicht zu ihnen, aber es war genau das, was Adrian jetzt brauchte, ein Lächeln, ein *Hey*, ein *Abendessen ist fertig*. Und bleich waren die Stunden und später die Tage, aussichtslos, aber er kam trotzdem zurecht, das war ja das Sonderbare, er hielt es aus. Nur ab und zu zuckte er zusammen und schämte sich heiß und kalt, immer wieder zog es ihm das Herz zusammen, wenn er an Stella dachte und diesen Schnösel. Aber jedes Mal, wenn das passierte, ging er nach draußen und wanderte das Gefühl weg, oder er blieb drinnen und zeichnete. Mit Schwarz und Grau verdeckte er diesen unsäglichen Nachmittag im Dreieinhalbtotenhaus, immer mehr Zuggesichter zeichnete er wieder ins Leben zurück, sogar ein paar glückliche. Nur mit der Misses hatte er noch nicht weitergemacht, weil er ihren lauernden Blick nicht aus dem Kopf kriegte, was dachte sie jetzt, was hatte sie all die Monate gedacht?

Ein paar Tage später kam sie.

Adrian saß auf dem Boden und zeichnete, er saß da und sah Misses Elderly zur Tür hereinkommen, mit leuchtend roten Haaren, die wahrscheinlich frisch gefärbt waren. Stumm setzte sie sich gegenüber von ihm auf den Teppich, erst im Schneidersitz und kurz darauf in einer komplizierten Yogasitzverrenkung. Eine Weile schwiegen sie einander an, dann sagte die Misses:

Du gehst rüber und entschuldigst dich.

Adrian legte seinen Skizzenblock zur Seite und starrte auf den Boden.

Ich, sagte er.

Dann fand er sie eine Weile nicht mehr, diese ihm notdürftig eingepflanzte Sprache, und stumm starrte er weiter vor sich hin, bis er schließlich herausstieß:

Aber ich … ich habe diesen Opa nicht verraten. Das hab ich doch gar nicht.

Darum geht es doch gar nicht, sagte die Misses schroff. Du hast allen Angst eingejagt, darum geht es. Und für ein paar Sekunden *hast* du den alten Waliko verraten!

Waliko, Waliko, dachte Adrian, und warum hatten die alle so komische Namen, und warum hasste er es so, an seinen dummen Einbruchsbesuch erinnert zu werden, und warum sagte die Misses *alt*, wo sie doch selber nicht viel jünger war als der Leichenmann, und warum?

Warum war …

Misses Elderly?, fragte er. Wenn die solche Angst gehabt haben, also, wieso ist mir dann keiner hinterhergerannt?

Das war reine Überredungskunst, antwortete die Misses und winkte ab.

Wie meinst du das?

Sie schüttelte ein paarmal den Kopf und sah ihn an.

Ich hab gesagt, dass du das nie machen würdest. Und dass ich meine Hand dafür ins Feuer legen würde, hab ich gesagt.

Aber ich hatte doch …

Adrian schluckte, es war ihm unmöglich, alle peinlichen Erinnerungen auszulöschen, die er sich in den letzten Monaten eingebrockt hatte, er schluckte und sagte:

Weißt du nicht mehr? Der Engländer, die Sache mit … mit dem Verraten?

Man muss ja nicht jeden Schwachsinn glauben, den so ein Halbwüchsiger dahersagt.

Halbwüchsig, das klang zur Abwechslung mal richtig gut, dachte Adrian, ein Riese, der halbiert wurde, zu Dato-Größe geschrumpft, ein Halbwüchsiger. Gut klang auch das andere, das die Misses über ihn gesagt hatte. Dabei hatte er es damals wirklich so gemeint.

Vielleicht.

Die Misses schniefte, dann meinte sie:

Wie auch immer, es wäre ein Unding, irgendwas auszuplaudern. Das brauch ich dir ja nicht zu sagen. Ein ganzes Netzwerk würde zusammenbrechen, die Bendelianis würden auch zusammenbrechen, und Waliko liegt zwar schon, aber wer weiß? Es reicht vollkommen, dass du ihn neulich so erschreckt hast.

Und er mich, dachte Adrian. Aber was er sagte, war nur: Netzwerk?

Du glaubst gar nicht, sagte Misses Elderly, wie viele Georgier hier in der Gegend wohnen. Und ein paar von denen wissen, wie sich das anfühlt. Wenn man aufpassen muss. Wenn man jeden Tag aufpassen muss. Ein Arzt in der Nähe kümmert sich um die Versteckten und schaut ab und zu drüben vorbei. Zwei, drei Frauen helfen Tamar bei der Pflege, und ständig kommt jemand, um mit dem alten Waliko über Swanetien zu reden. Manche von denen sind nie dort gewesen, aber sie erzählen ihm trotzdem davon. Du hast das Zimmer gesehen, Einsneunzig. *Das* ist Swanetien. Die Bendelianis haben ihm dort ein kleines Swanetien aufgebaut.

Sie könnten es ein bisschen besser bewachen, sagte Adrian.

Darum geht es nicht, Einsneunzig. Sie wollen die Geschichte nur einfach nicht an die große Glocke hängen. Muss nicht gleich jeder wissen. Waliko soll aber auch nicht im Gefängnis leben.

Und wieso sind sie ausgerechnet ins Dreitotenhaus gezogen?, wollte Adrian wissen.

Na ja. Weil sie mehr Platz gebraucht haben, sie haben ja vorher in einer kleinen Wohnung gelebt, zwanzig Kilometer von hier. Und irgendwer hat ihnen dann von diesem Haus hier erzählt, von dem billigen Haus, das niemand haben wollte. Und was soll ich sagen? Die Bendelianis, die sind zwar vor den Lebenden geflüchtet, aber vor Toten haben die noch nie Angst gehabt. Wir leben ständig mit den Toten, sagen sie. Wieso sollten wir Angst vor denen haben? Wenn wir sie doch sogar in unsere Gebete mit einschließen.

Misses Elderlys Augen funkelten, als sie davon erzählte, und das tat Adrian immer noch weh, es fühlte sich fast so an, als hätte er gleich zwei Menschen an diese Familie verloren. Und es überraschte ihn nicht, dass die Misses seine dunklen Gedanken lesen konnte, Zeile für Zeile, und dass sie dann sagte:

Die Versteckten, ja. Vielleicht bin ich deshalb so gerne dort drüben. Die Versteckten haben es mir schon immer angetan. Und die, die sich was einfallen lassen. Die einfach weitermachen.

Misses Elderly sah Adrian an, nickte und schaffte es dann, ihre komplizierte Yogasitzverrenkung zu lösen, ohne die Hände zu benutzen. Mit einer ungeheuren Kraft stand sie einfach auf, schenkte ihm eines ihrer seltenen Lächeln und sagte:

Aber du denkst daran. Du entschuldigst dich. Irgendwann. Nicht wahr?

Und als sie draußen war, fühlte Adrian ein Rasen in seinem Kopf, seinen Fingern, und er stürzte sich auf den Skizzenblock, legte ihn wieder auf seine Beine und begann es endlich einzufangen, das einzige, das faltige, das unergründliche Gesicht von Misses Elderly.

KAPITEL 21

Sie waren lange nicht ausgegangen, Adrians besorgte Eltern. Sogar vor seiner Krankheit waren sie abends nicht mehr tanzen oder bei Freunden gewesen, und das hatte mit Adrians Zorn zu tun gehabt und mit der Traurigkeit seiner Mutter. Vielleicht freute er sich auch deshalb so sehr, als seine Eltern ein paar Tage nach Adrians Auftritt im Dreitotenhaus unsicher verkündeten, dass sie am Samstag mal wieder ausgehen wollten, und ob das ein Problem für ihn sei. Aber für Adrian bedeutete das vor allem, dass *er* kein Problem mehr war, dass er es in den Augen seiner Eltern geschafft hatte, dass er über den Berg war.

Er selbst hatte, was den Berg anging, noch seine Zweifel, denn es war ein gewaltiger Berg, ungefähr so groß wie auf dem Bild des alten Waliko. Aber wenn sogar seine Mutter ihre Ängstlichkeit kurz ablegte, dann musste was dran sein, dann hieß das etwas. Und am Samstagabend schob er seine Eltern geradezu aus der Haustür hinaus, damit sie bloß nicht auf die Idee kamen, sich doch wieder Sorgen um den Sohn zu machen.

Und weil sich das so normal anfühlte.

Wie früher ungefähr.

In seinem ersten Leben.

Und dann, als sie gegangen waren, fühlte Adrian sich

so, wie sich sein Vater an der Fleischtheke im Supermarkt fühlen musste. Er konnte sich einfach nicht entscheiden, was er tun sollte: fernsehen oder laute Musik ohne Kopfhörer hören oder verbotenerweise im Arbeitszimmer seines Vaters sitzen oder zeichnen oder essen oder einfach nur seine Schulsachen ordnen, immerhin wurde er schon am Montag wieder in dieses echte Leben entlassen, mit Schulbusgeruch und gekämmten Haaren und fast ohne Bett.

Am Ende tat er von allem ein wenig, also insgesamt nichts. Nichts, was ihn zufriedenstellte. Und als er gegen elf immer noch der Meinung war, dass noch irgendwas geschehen müsse an diesem letzten Rest vom Tag, da ging er ans Wohnzimmerfenster, sah hinaus in die leer gefegte Nacht und wusste endlich, was zu tun war. Er wäre ganz für sich da draußen, alles würde ihm gehören. Und am liebsten wäre er sich mit der Rechten einmal wild durchs Haar gefahren, hätte eine Jacke vom Haken gerissen und wäre dann gleich aus dem Haus gerannt.

Nur.

Was, wenn seine Eltern früher zurückkämen und ihn dann nicht zu Hause vorfänden? Also schrieb er auf die Rückseite eines nicht geglückten Misses-Elderly-Blattes:

Macht Euch keine Sorgen.

Ich bin schon groß und brauche nur mal Luft.

Bis später. (Versprochen!)

Dann machte sich Adrian fertig für die Nacht, zog sich Jacke und Stiefel an und nahm auch den Schal in die Hand, um ihn draußen aber einfach nur in die Jackentasche zu stopfen. Es war kalt, so wie es sich für eine Nacht Mitte Januar gehörte, aber die Kälte war eine freundliche. Sie führte ihn sanft durch den Ort, an all den unteren Fenstern vorbei, mit denen er auf einer Höhe war und hinter denen vielleicht schon geschlafen wurde. Adrian fragte sich, was Stella wohl gerade tat. Wie verbrachte Stella ihre Samstagabende? Und weil ihn die Antwort nicht im Geringsten interessierte, zog er den Kragen hoch und lief schneller durch die Nacht, so lange, bis er Stella vollständig ausgeatmet hatte und endlich wieder leichter war. Er lief und lief und ließ den Ort hinter sich, kehrte um, lief zurück und dachte auf einmal an die Misses, die bestimmt schon im Bett lag.

Entschuldige dich.

Das hatte sie gesagt.

Und Adrian fragte sich, ob er je wieder einen Fuß ins Dreitotenhaus setzen würde nach allem, was passiert war, und ob er je genug Mut zusammenkratzen könnte, um überhaupt nur dort zu klingeln. Wahrscheinlich schliefen sie schon alle, diese Bendelianis, deren Namen er immer besser aussprechen konnte, sogar in Gedanken. Und ganz bestimmt war Dato der Einzige, der noch wach war. Adrian trat fester auf, stampfte, weil er sich das gar nicht vorstellen wollte. Und was war mit dem alten Waliko? Hatte der einen gesunden Schlaf oder wälzte er sich gerade in seinem Leichenbett herum?

Adrian war jetzt fast wieder zu Hause, also auch fast am Dreitotenhaus, aber das kannte er schon, immer die alte Leier. Nach seinem missglückten Besuch neulich war ihm klar geworden, dass er von nun an einen Bogen um dieses Haus machen würde, so wie all die anderen Leute es früher getan hatten und es wahrscheinlich immer noch taten, so was hatte man einfach im Blut.

Aber er machte keinen Bogen, schon wieder zog ihn etwas zu diesem Haus, und womöglich war es einfach nur der Wunsch zu sehen, ob beim alten Waliko noch Licht brannte.

Als er in die Straße einbog, da war Walikos Fenster tatsächlich erleuchtet, und um genau zu sein, brannte nicht nur dort, sondern in jedem einzelnen Dreitotenfenster auf der Straßenseite Licht, es war das hellste, das lebendigste Haus der ganzen Straße. Adrian konnte sogar Musik hören, nicht übermäßig laut, aber ganz klar vorhanden, und Stimmen waren da, durcheinander und fern.

Wie spät mochte es sein?

Mitternacht, vielleicht.

Und wie vor ein paar Tagen schon ließ er es zu, dass man ihn zur Haustür führte, nur dass er das diesmal einer unsichtbaren Kraft ganz ohne georgischen Akzent zu verdanken hatte. Adrian sah, wie sein rechter Zeigefinger gefährlich dicht vor dem Klingelknopf schwebte, und plötzlich wusste er: Wenn er das jetzt schaffte, würde er alles andere im Leben auch schaffen, wenn er jetzt klingelte, würde er alle anderen Türen auch dazu bringen können, sich für ihn zu öffnen, wenn er sich jetzt entschuldigte, würde ihm nie wieder jemand böse sein, und dann klingelte er und dachte:

Scheiße.

Das war die blödeste Idee seit, na ja, seit ungefähr Mittwoch, und gleich würde Dato in der Tür stehen wie an jenem verfluchten Nachmittag, an dem alles kaputtgegangen war, gleich würde Tamar in der Tür stehen und *Geh!* rufen, aber mit kurzem *e*, und hinten würde Stella stehen und die ganze Zeit den Kopf schütteln und darauf achten, dass ihr der Eissplitter der Schneekönigin trotzdem nicht aus dem Auge glitt.

Adrian wollte sich umdrehen und wegrennen, aber er hörte Stimmen und Gelächter, und alles kam näher und näher, in einer Sekunde würde die Tür aufgehen, und da, sie ging auf, aber wer da stand, das war nicht einfach nur Dato, nicht einfach nur Tamar, wer da stand, das war die gesamte Einwohnerschaft des Dreitotenhauses und Georgiens zusammen, Millionen von Menschen quetschten sich in den Flur und machten Geräusche, sie lachten oder redeten oder husteten oder gaben empörte Laute von sich.

Und endlich konnte er jemanden erkennen, weit hinten stand Misses Elderly und sah ihn erstaunt an, und da waren auch Tamar und Wachtang, wieso hatte er sie nicht gleich gesehen? Sie waren Teil dieser Menschenmenge und schienen sich zu streiten, Wachtang zeigte immer wieder in Adrians Richtung und schüttelte schimpfend den Kopf. Aber Tamar redete wild und laut und georgisch auf ihren Mann ein und drohte ihm sogar mit dem Finger.

Das alles spielte sich innerhalb von Sekunden ab, und als Wachtang in irgendein Zimmer verschwunden war, steuerte Tamar auf Adrian zu, stellte sich feierlich vor ihm auf und rief, wie der Prinz zu Rapunzel, von unten nach oben:

Du bist unser Mekwle. Und jetzt sieh zu, dass du den rechten Fuß zuerst ins Haus setzt.

Ich bin euer was?, fragte Adrian, dem die mitternächtliche Angelegenheit immer sonderbarer vorkam, er verstand überhaupt nichts mehr.

Unser Mekwle. Du bist … wie sagt man … der

Glücksbote. Du leitest die Geschicke für das ganze Jahr. Der Erste, der im neuen Jahr klingelt, der ist der Mekwle.

Den Rest flüsterte Tamar, auch wenn sie nicht bis an Adrians Ohr reichte:

Stell dir vor, der bist ausgerechnet du.

Wachtang wird sich schon wieder einkriegen.

Adrian trat in den Flur und fragte:

Was?

Eigentlich gehen wir auf Nummer sicher. Wir haben unseren Mekwle extra eingeladen. Einen Georgier. Man kann nicht vorsichtig genug sein, wenn es ums Glück geht. Aber selbst schuld, wenn er zu spät kommt. Jetzt bist du zuständig für das neue Jahr.

Das neue Jahr?, fragte Adrian.

Sind wir so vergesslich, großer Junge? Es ist kurz nach Mitternacht. Wir haben gestern das alte Silvester gefeiert, das orthodoxe, du weißt schon. Und seit ein paar Minuten ist heute, seit ein paar Minuten ist alles neu. Und jetzt komm rein, du Glücksbote.

Adrian machte einen Schritt und trat ins Haus, wo er von ein paar älteren Frauen im Hüftbereich umarmt und dann mit fremden und freundlichen Worten beworfen wurde.

Eine von ihnen überreichte ihm eine Geschenketüte, und die, die sich noch nicht wieder aus dem Flur verzogen hatten, riefen:

Schau rein!

Adrian hatte ein paar Sekunden Zeit, um in der Tüte Süßigkeiten und Mandarinen zu entdecken, dann wurde er von Tamar schon ins Wohnzimmer gezogen. Es war sehr groß, mit rot und braun gestrichenen Wänden und überall Kerzenleuchtern, und vom Wohnzimmer ging noch ein anderer Raum ab, getrennt nur durch eine Schiebetür, die jetzt weit geöffnet war.

Überall im Wohnzimmer saßen Leute, Adrian sah Frauen mit dunklen Augen und Männer mit dicken Brauen, er sah Misses Elderly auf dem Sofa sitzen und die kleine Nino im Arm halten, ganz nebenbei, aber mit kleinen frohen Feuern im Blick, er sah, dass da immer noch ein Weihnachtsbaum stand, er hörte kitschige Männerstimmenmusik, die aus einem CD-Player kam, und alte Frauen mit hochgesteckten Haaren waren da und zeigten immer wieder auf den gewaltigen Tisch in der Mitte des Raumes, sagten *Essen!*, sagten *Viel essen!* Adrian roch Alkohol und Schweiß und aufdringliches Parfüm, und schließlich entdeckte er auch Stella und Dato auf zwei Stühlen an der Wand und wusste augenblicklich, dass er nichts essen würde, nichts! Nicht den kleinsten Happen würde er herunterbringen, wenn die beiden in der Nähe wären, damit das klar war!

Dabei sah der Tisch wirklich verlockend aus. Überall standen halb volle Teller und Schüsseln, und Adrian erkannte die Chinkali wieder und das Chatschapuri-Käsebrot. Er sah eine glibbrige grüne Soße und Fleischspieße und Armeen von Frühlingszwiebeln und Teller mit Käse und Weintrauben, da waren halbe Auberginen, die mit irgendwas gefüllt waren, Walnüsse lagen herum, Fladenbrote, es gab Tomatensalat in riesigen Schüsseln und schwere Torten und kleine eingewickelte Süßigkeiten, überall standen Gläser mit Weißwein, der viel gelber war als der, den er von seinen Eltern kannte, Wodkaflaschen standen herum und Teegläser, und so ungefähr musste es ausgesehen haben, das Schlaraffenland aus dem Märchen.

Aber Adrian konnte nicht bleiben, er wusste, dass er hier nicht hingehörte und dass er das hier nur mit Personenschutz ertragen würde. Nur dass leider alle, die dafür in Frage kamen, beschäftigt oder nicht zu sehen waren. Nein, wirklich, er konnte nicht bleiben, auch wenn er zufällig das Glück des kommenden Jahres auf dem Buckel trug.

Er hatte die ganze Zeit gestanden und setzte sich jetzt wieder in Bewegung, ganz langsam begann er seine Reise in Richtung Haustür und wäre sicher auch gut durchgekommen, wenn er mit den Augen nicht wieder an diesem kleinen, schwach ausgeleuchteten Nebenraum hängengeblieben wäre.

Er trat näher und erkannte erst jetzt, dass in dem Zimmer ein Krankenhausbett mit kariertem Bettzeug stand und dass in dem Krankenhausbett mit dem karierten Bettzeug ein alter Waliko lag, blass und schwach und unverraten, nein!, dachte Adrian, lass ihn in Ruhe, dachte Adrian, aber er hörte nicht auf sich, sondern näherte sich dem Bett mit beschämt klapperndem Herzen.

Waliko war wach. Sein Blick verdüsterte sich, als Adrian ins Zimmer kam, wurde aber gleich wieder heller, taghell, hell wie ein Jahr, das gerade erst begonnen hat. Der Alte begrüßte ihn nicht, aber schien auch nicht zu protestieren, als sich Adrian auf den Stuhl neben dem Bett setzte. Waliko roch nach Eukalyptus und dann auch noch alkoholisch, er war gekämmt und trug ein ordentliches Hemd mit einer dunklen Weste darüber, was überhaupt nicht zu dem Krankenhausbett passte und Waliko wie einen schnauzbärtigen Clown aussehen ließ.

Der alte Mann lag in seinem Bett, fast saß er, denn das Kopfteil war hochgestellt und sorgte dafür, dass Waliko wie ein ganz normaler Mensch aussah. Die beiden saßen ewig so da, einfach so, und der Alte blickte Adrian ruhig ins Gesicht und schien auf irgendwas zu warten, auch wenn Adrian beim besten Willen nicht wusste, worauf, aber okay, wenn es unbedingt sein musste.

Es war sowieso an der Zeit.

Genau jetzt.

Er räusperte sich.

Und dann fing er an zu reden.

KAPITEL 22

Reden: ja, bloß wie, wie konnte man reden, wenn man die ganze Zeit nicht geredet hatte, wenn man von dem Wichtigsten nur geschwiegen hatte, und wo fing man an, und warum ausgerechnet jetzt? Adrian hatte von seinem Stuhl aus in Richtung Wohnzimmer gesehen und dabei genau den Ausschnitt des Festes im Blick gehabt, den er eigentlich schleunigst vergessen wollte, Stelladato, Datostella, und genau da hatte er es gewusst, das mit dem Reden, und jetzt saß er da und wollte anfangen und dachte: bloß wie?

Der alte Waliko sah ihn eine Weile an und tat dann etwas Merkwürdiges. Er bog seinen Zeigefinger und klopfte dann an Adrians Arm wie an eine Tür, ungeheuer sanft zwar, aber immer und immer weiter, und das Verrückte war, dass es funktionierte, irgendwo in Adrian sprang tatsächlich eine Tür auf, und mit dem fernen Lärm der Feiernden im Ohr fing Adrian zu reden an, ganz vorsichtig, ganz stockend sagte er:

Diese Nacht damals, auf der Terrasse.

Adrian schluckte, schwieg wieder. Denn es war Schwachsinn, nichts weiter als das. Der Alte wusste doch gar nichts von dieser Nacht, fast niemand wusste davon, Reden, Reden, was für eine Wortverschwendung!

Aber der alte Waliko strahlte ihn an, nickte aufgeregt und klopfte wieder an Adrians Arm.

Okay, dachte Adrian. Herein.

Dann versuch ich's eben.

Und mit aller Kraft würgte er heraus:

Ich wollte wirklich nicht sterben, ehrlich. Die ganze Zeit nicht. Aber dann hab ich kurz gedacht, doch, ich will das jetzt. Dann sterbe ich eben. Macht ja sowieso alles keinen Spaß mehr ohne … ohne … und ich hab mich gefragt, ob es überhaupt so große Särge gibt, ich meine, die hätten mich doch nicht klein biegen können, ich wäre ja tiefgefroren gewesen und …

Der alte Waliko nahm jetzt Adrians Hand und tätschelte sie ein bisschen zu heftig, und vielleicht hieß das: Sprich weiter, rede, wenn dir das Leben deiner Hand lieb ist, also redete er, also sprach Adrian und sagte:

St…

Und er sagte:

St…

Und endlich gelang es ihm, endlich sagte er:

Stella hat mal gewollt, dass wir Küssen üben für später. Wir waren da noch nicht mal in der Schule, und sie hat sich auf einen Stuhl gestellt und so gelacht, dass wir es nie geschafft haben, das mit dem Üben, mein ich, und jetzt, also, ich, also …

Und dann ratterte er es schnell aus sich heraus:

Undjetztweißichimmernochnichtwiedasgeht.

Adrian erschrak, Wachtang kam ins Zimmer, aber er brummte nur und verschwand dann wieder, wahrscheinlich hatte Tamar ganze Arbeit geleistet.

Adrian schluckte:

Die wollen alle, dass ich was sage, aber wenn ich was

sage, hab ich gedacht, dann ist Stella weg und ich seh sie nie wieder.

Adrian schwieg eine Weile und murmelte dann:

Also hab ich nichts gesagt, und trotzdem ist alles vorbei, ich seh sie, und ich seh sie trotzdem nie wieder. Und das Schlimmste ist, dass das gar nicht zählt, so was zählt nur, wenn einer gestorben ist oder sich getrennt hat. Dann darf man traurig sein. Bei mir zählt das doch nicht, Stella kann ja machen, was sie will.

Von draußen kamen Stimmen herein, auch hier drinnen beim alten Waliko klangen sie noch erstaunlich laut, als würden sich alle im Wohnzimmer streiten, aber auf eine besondere Weise, eine freundliche.

Waliko zeigte zur Tür und winkte ab, und Adrian erzählte weiter:

Na ja, und dann, dann wollten wir auch mal Blutsbrüder werden. Ich weiß ja, geht nicht, Stella ist ein Mädchen und so. Sie hat das aber so gewollt, und dann ist ihr eingefallen, dass sie Blut ja gar nicht mag, und dann hat sie Rotwein aus der Küche geholt, zwei ganz kleine Gläser, aber wir waren sieben oder acht, und ich weiß noch, wir haben *Für immer* gesagt, wir haben richtig geschworen, und dann haben wir getrunken und hinterher gekotzt und die Misses und alle sind fast wahnsinnig geworden.

Adrian spürte ein Lächeln, als er das erzählt hatte, und er merkte noch etwas, auch wenn das eigentlich gar nicht sein konnte. Aber während er lächelte, rannen ihm Tränen über die Wangen, und er wischte sie schnell weg und winkte ab:

Na ja, ich kenne Stella schon ewig.

Aber die Tränen hörten nicht auf, und auch der alte

Waliko merkte das, denn er holte ein riesiges und garantiert verseuchtes Stofftaschentuch unter seiner Decke hervor, richtete sich mühsam auf und fuchtelte dann mit dem Tuch in Adrians Gesicht herum.

Adrian musste lachen, Waliko lachte mit, und draußen wurde gefeiert und getrunken, draußen lief Musik, aber hier drinnen wurde gelacht, und Adrian hätte ewig so weiterlachen können, wenn er draußen nicht Stella gesehen hätte und diesen, ach!, und auf der Stelle verging ihm das Lachen und er sagte:

Ich hab immer an Stella gedacht. Ich weiß nicht, wann das losgegangen ist, vor zwei Jahren vielleicht, und sogar ...

Nein, das war ihm peinlich, nicht das, nicht das!

Aber dann sagte er es trotzdem:

... und sogar nachts hab ich an Stella gedacht, irgendwann ist das losgegangen, dass nachts alles so anders war, und ich ... ich.

Waliko nickte, und Adrians Ohren glühten.

Und ich wollte Sie nie verraten, ehrlich, ich kann bloß diesen Dato nicht ausstehen, und ich war so traurig die ganze Zeit und ich ... ich.

Sag es, dachte er.

Sag es, befahl er sich.

Und einmal im Leben, und vielleicht war es das einzige Mal, einmal im Leben hörte er sich diesen einen Satz sagen, und die Welt, sie blieb trotzdem nicht stehen, die Party draußen, sie ging einfach weiter, als Adrian zu Waliko sagte:

Ich bin verliebt in Stella Maraun.

Adrian knickte ein, sein Kopf fiel auf Walikos Bettdecke und blieb dort liegen, so schwer war alles und so leicht auf einmal, so sagenhaft leicht war alles, denn er hatte es ausgesprochen, und Waliko hatte es mit eigenen Ohren gehört, es war in der Welt jetzt, in der kleinen Welt zwischen Adrian und dem alten Waliko, aber endlich in der Welt.

Die Bettwäsche roch nach einer Mischung aus Waschmittel und altem Mann, und Adrian hätte für immer so sitzen können, den Straußenkopf in der Decke vergraben, aber dann rüttelte Waliko an ihm, und als sich Adrian wieder aufgerichtet hatte, zeigte der alte Mann auf ein Schränkchen auf der anderen Seite des Bettes. Wild gestikulierend schickte Waliko ihn dorthin, und obwohl vor dem Schränkchen ein Stuhl stand, setzte sich Adrian wie automatisch auf die Bettkante, mit dem Rücken zum Wohnzimmer, der beste, der todsicherste Platz von allen, weil er so Stella und Dato nicht mehr sehen musste.

Erst jetzt erkannte Adrian die Flasche und die beiden Gläser, obwohl die schon die ganze Zeit auf dem Schränkchen gestanden haben mussten; die unscheinbare Flasche hatte einen schwarzen Verschluss und ein blaues Etikett und enthielt eine verdächtig durchsichtige Flüssigkeit.

Tschatscha!, sagte Waliko und deutete auf die Flasche.

Tschatscha!, wiederholte er ungeduldig und schob die Gläser ein paar Millimeter in Adrians Richtung.

Und Adrian verstand, auch wenn er es gar nicht verstehen wollte, denn er konnte ja nicht!, er durfte ja nicht!, aber der alte Waliko ließ nicht locker und sagte immer wieder dieses komische Wort, immer fordernder stieß er *Tschatscha* aus, als wollte er auf der Stelle aufspringen und tanzen.

Also tat er es.

Also schraubte Adrian die Flasche auf und goss die beiden Gläser voll, was einer artistischen Übung gleichkam, weil ihm der alte Mann während des Einschenkens dankbar den Arm tätschelte und damit eines der Gläser zum Überschwappen brachte. Adrian nahm sich eines und gab Waliko das andere, das außen nicht nass war, dann wollte er an seinem Glas nippen und hörte im selben Moment die Empörung des alten Mannes.

Ara!, rief er, er brüllte es fast, und weil hier keine Papageien rumflogen, musste dieses Wort wohl Adrian gelten. Er nahm das Glas vom Mund, und schon das genügte, um Waliko wieder zum Lächeln zu bringen. Und das Lächeln blieb auch auf seinem Gesicht, als er zu reden begann. Er hob sein Glas, und aus seinem Mund sprudelten Millionen Wörter, die ganz bestimmt georgisch waren, aber ein bisschen nach Französisch und ein bisschen nach Halsschmerzen klangen. Es war wie ein exotisches Lied, von dem man nur ahnen konnte, dass es etwas Gutes bedeutete.

Waliko sprach und sprach, verfiel ab und zu in einen leierhaften Gesang und hielt dabei sein Glas hoch, er schien überhaupt nicht daran zu denken, es jemals wieder abzustellen oder sogar zu benutzen.

Da, endlich.

Walikos kleine Rede schien zu Ende zu sein, er rief *Gaumartschos!*, führte dann sein Glas andächtig zum Mund und leerte es mit einem einzigen Zug. Als er fertig war und sah, dass Adrians Glas immer noch voll war, zeigte er auf ihn und das Glas und nickte, und Adrian zögerte noch eine Weile, weil es außer ein paar Schlucken Elternwein noch nicht viel Alkohol in seinem Leben gegeben hatte. Aber dann trank er, und sein Zug war so gewaltig, dass völlig klar war: Diesen Schluck würde er nicht überleben. Sein Mund brannte, sein Rachen verglühte, und dann wanderte das Glühen gleichzeitig nach oben und nach unten und blieb trotzdem in der Brust, hinter der Stirn nisteten sich warme, schwere Steine ein, und dann drehten sich die Steine und im Mund brannte es noch immer und seine Brust war heiß und drückte, er musste husten und Feuer speien und merkte dann, dass er immer noch lebte.

Adrian wusste nicht, ob es am Alkohol lag, aber er verstand Walikos Anweisungen jetzt viel besser, schenkte dem alten Mann nach und sich auch, aber nur die fehlenden Zentimeter, dann ging alles von vorn los, der alte Waliko begann einen ausgedehnten Redegesang, leerte sein Glas und sah zu, dass Adrian wenigstens einen erbärmlichen Minischluck trank, drei oder vier Mal ging das so, die Zentimeter brannten immer weniger, *Gaumartschos* und trinken und nachschenken, aber dann stand Tamar im Zimmer und das Spiel, es war aus.

Sie hatte einen Teller mit Chinkali in der Hand, stellte ihn auf dem Schränkchen ab und tat etwas sehr Behutsames: Sie küsste ihren Vater oben auf den Kopf. Dann redete sie auf Georgisch auf ihn ein, und Waliko protestierte, seufzte aber irgendwann und stellte sein Glas schließlich ab.

Tamar stand auf, küsste jetzt auch Adrian flüchtig auf den Kopf, als wäre das das Normalste der Welt, und setzte sich neben ihn auf den Bettrand.

Ich weiß nicht, sagte sie, was du mit ihm gemacht hast. Aber es scheint ihn mächtig beeindruckt zu haben. So was hier macht er nicht bei jedem.

Adrian konnte nichts sagen, alles drehte sich in seinem Kopf.

Weißt du, was das ist?, machte Tamar weiter.

Adrian zuckte mit den Schultern, an Reden war gerade wirklich nicht zu denken.

Wir nennen das *supra*. Ein Trinkritual aus meiner Heimat. Eigentlich haben wir das heute schon gemacht, alle zusammen. Waliko war der Tamada, das ist der Tischführer. Stell dir vor, sein Bett stand im Wohnzimmer. Und vorher haben es die Männer von oben runtergetragen, mit Waliko drauf. Na, mein Vater hat seinen Trinkspruch vorgebracht, dann haben wir guten georgischen Wein getrunken. Immer so weiter. Stundenlang. Bei den Trinksprüchen gibt es eine Reihenfolge. Nur, mein Vater ändert die jedes Mal. Ich weiß nicht, wie weit Waliko bei dir gekommen ist.

Adrian wusste es auch nicht, und selbst wenn der Alte deutsch gesprochen hätte, wäre das so gewesen, sein Gehirn taugte gerade nicht viel und vorne fielen die Augen aus dem Kopf.

Der Tschatscha brennt, oder? Georgischer Wodka, das sagen wir dazu, auch wenn es gar kein Wodka ist.

Ja, krächzte Adrian. Brennt.

Tamar lachte und sagte:

Die Trinksprüche. Waliko fängt meistens mit der Gottesmutter an. Dann trinkt er auf die Familie und die Familien der Gäste. Dann auf den Ehrengast und danach auf die Toten, auf unsere Vorfahren. Also auf alle, die gegangen sind. Er trinkt auf die Kinder, auch auf die,

die erst noch geboren werden müssen. Er trinkt auf Georgien, besonders auf Swaneti, und dann noch auf die Kunst und die Liebe und auf gute Nachbarschaft.

Sollen wir, fragte Adrian, oder er versuchte es jedenfalls, sollen wir aufhören?

Du hörst jetzt auf alle Fälle mit dem Trinken auf. Beim nächsten Mal schenkst du beide Gläser voll und lässt dein Glas stehen. Das ist schon in Ordnung. Meinen Vater kannst du ruhig trinken lassen. Ich weiß, er ist krank. Aber wir verbieten ihm das nicht mehr. So, großer Junge, und jetzt iss bitte etwas, als Mekwle muss man das ganze Jahr einen klaren Kopf haben!

Tamar stellte ihm den Teller mit den Chinkali auf den Schoß, flüsterte ihm noch etwas ins Ohr und verschwand aus dem Zimmer. Sobald sie draußen war, setzte Waliko wieder ein mit seinen langen Trinksprüchen, leerte ein Glas nach dem anderen und hatte es offensichtlich akzeptiert, dass Adrian nichts mehr trank, sondern nur ab und zu von den Chinkali aß. Trotzdem war Adrians Kopf bis oben hin mit diesem Tschatscha-Wodka gefüllt, die Gedanken schwammen kreuz und quer herum, und im Bett saß der alte Waliko und war bestimmt genauso traurig wie Adrian und jetzt auch genauso glücklich, er war genauso unsichtbar und genauso fern von dem, was er gerne bei sich gehabt hätte: von einer vergangenen Zeit in den Bergen, von einem fast nicht lispelnden Mädchen, und am Ende, da war alles gleich.

Und während Waliko immer weiter sein Glas erhob und alles segnete, was er noch vergessen hatte, da wusste Adrian auf einmal, dass alles gut werden konnte.

Dass er nicht kleinzukriegen war.

Am ganzen Körper spürte er, was Waliko für ihn getan hatte und immer noch tat: dass er auf das trank, was Adrian verloren hatte, *auf alle, die gegangen sind.* Dass er auf das trank, was noch kommen würde. Auf das, was schon da war. Und nach all den Wochen und Monaten fühlte Adrian Mut in seinen Wodkabeinen, Mut, der diesmal bleiben würde, es war immerhin möglich.

Er drehte sich in Richtung Wohnzimmer und sah Stella, die an Datos Schulter eingeschlafen war, Stella Maraun, die noch nie so hübsch ausgesehen hatte wie jetzt. Er sah Tamar vorbeihuschen und wusste, er würde sich nicht mehr entschuldigen müssen. Etwas fiel ihm ein, er dachte an die Worte, die sie ihm vorhin ins Ohr geflüstert hatte, *ach übrigens,* hatte sie geflüstert, *mein Vater versteht kein Deutsch, kein einziges Wort,* aber da war sie leider auf dem Holzweg, denn Waliko hatte alles verstanden, ganz sicher. Er hatte die Sache noch mehr kapiert als Adrian selbst, Adrian Theiß, Glücksbote und Pechvogel, und mehr würde er nicht mehr sagen zu diesem Thema.

Hinter ihm hatte der alte Mann zu singen begonnen. Es klang furchtbar schief und altmodisch, beinahe schön. Ein neues Jahr hatte begonnen, mitten im Januar. Es war, wie es war. Adrian würde einen Schritt machen, dann noch einen, er würde schon sehen, wohin das führte. Und aufgeben konnte er immer noch, übermorgen oder nächste Woche oder wenn er alt war.

Bloß eben nicht jetzt.

Auf keinen Fall jetzt.

KAPITEL
23

Die Kälte war noch bis März geblieben. Es hatte geschneit und getaut und geschneit, aber jetzt war April, und dem schienen all die unnötigen Wintermonate peinlich zu sein und er gab sein Bestes, um die Sache wiedergutzumachen. Es war so warm, dass man ohne Jacke rausgehen konnte, und Adrian hatte Misses Elderly in den letzten Tagen immer wieder auf der Hollywoodschaukel sitzen sehen, wenn er an der Terrassentür gestanden hatte: ein feuerroter Punkt, ein aufsteigender Vanillequalm, eine Misses.

Er hätte sich jedes Mal zu ihr setzen können, aber er war seit Ewigkeiten nicht mehr auf der Terrasse gewesen. Seit der kältesten Nacht war es ihm ein Grauen gewesen, da hinauszugehen, auch wenn er nicht so richtig wusste, wieso. Es hatte seitdem keine kältesten Nächte mehr gegeben, draußen nicht und noch nicht mal drinnen, in ihm. Das war ihm erst vor kurzem klar geworden.

Und vielleicht mussten manchmal erst ein paar Leben ins Land gehen, ein paar Jahre oder Monate, bis man die Dinge kapierte, bis man etwas sehen konnte, das man lange nicht gesehen hatte. Erst neulich war Adrian aufgegangen, dass seine Mutter nie wieder von der Hormontherapie angefangen hatte, die ganze Zeit nicht, und dass ihm sein Vater auch keine Fotos von enttäuschten Zuggesichtern mehr mitgebracht hatte, nur noch glückliche, und dass seine Eltern nie etwas zu seinen hervorstehenden Rippen gesagt hatten, aber seit Monaten immer nur seine Lieblingsgerichte kochten.

Und mitten im April kam dieser Nachmittag, an dem sich Adrian endlich doch überwinden konnte. Er öffnete die Terrassentür, setzte einen Fuß auf den Holzboden und verstand sofort, dass er sich die ganze Zeit nicht nur vor der kältesten Nacht gefürchtet hatte, sondern auch vor Stella, die hier jederzeit hätte auftauchen können. Adrian hatte Stella ein paarmal auf der Straße gesehen, aber immer nur von weitem und nie wieder so nah wie in der Zeit der großwüchsigen Dinge, als er Einsneunzig und noch ein Anderer war. Beide hatten sie Handbewegungen aus dem Ärmel geschüttelt, die mit viel Fantasie an Winken erinnerten, und beide waren sie dann jedes Mal wieder in ihren neuen Leben verschwunden.

Adrian atmete durch, ging dann langsam zur Schaukel und sah, dass dort jetzt neue Polster lagen, nicht mehr die muffigen, die all die Jahre dort ausgeharrt hatten. Er setzte sich neben Misses Elderly, die einfach nur sagte:

Wurde aber auch Zeit.

Adrian lachte und merkte, dass sich die Schaukel ganz anders anfühlte, wenn jemand *Wurde aber auch Zeit* sagte, viel weniger lebensgefährlich. Lange saßen sie einfach nur da und schaukelten, ließen das kurze Paar Beine in der Luft baumeln und hoben das lange mühevoll an, damit die Schaukel nicht abgebremst wurde. Aber irgendwann ging dem Besitzer der langen Beine die Kraft in den Oberschenkeln aus, er hielt die Schaukel an und die Misses sagte wie auf Kommando:

Das ist bis dato der wärmste Frühlingstag.

Stopp!, rief Adrian.

Keine Dato-Wörter in meiner Gegenwart!

Und dann sagte er noch:

Tut mir leid, Misses. Ich kann den einfach nicht mögen. Ich kann nicht mal seinen Namen laut sagen. Dabei weiß ich doch selber, dass der … nichts dafür kann. Keiner kann was dafür. Das ist ja das Blöde.

Misses Elderly sah ihn an.

Geht klar, meinte sie großzügig.

Sie schwieg kurz, dann sagte sie noch:

Keine Sorge, so was wird immer ein bisschen wehtun. Immer. Lass uns in sechzig Jahren noch mal drüber reden, dann wirst du mir Recht geben.

Adrian wollte sich Misses Elderly lieber nicht in sechzig Jahren vorstellen, als rot gefärbten Zombie womöglich, genau hier auf dieser Hollywoodschaukel, die dann sogar noch rostiger wäre als jetzt. Er stieß seine Füße vom Boden ab und sie schaukelten wieder, schaukelten, er, die Misses. Die Bewegung und die Aprilwärme machten ihn so schläfrig, dass er zusammenzuckte, als Misses Elderly plötzlich sagte:

Gut siehst du aus.

Adrian sah nach rechts unten und fragte:

Was?

Misses Elderly atmete ein und aus und sagte:

Ich hab … du hast … wer hätte das gedacht. Na ja, ich …

Adrian hatte keine Ahnung, was die Misses von ihm wollte, aber ein wenig sah sie aus, als würde sie gleich mit einer Entschuldigung herausrücken. Sie kam aber nicht mehr dazu, denn auf einmal, ohne Vorwarnung, fragte eine lange nicht gehörte Stimme:

Ist hier noch ein Platz frei?

Und da stand sie.

Stella.

Stella Maraun.

Das unbekannte Wesen.

Ihre Haare waren viel kürzer, sie trug eine Plastiktüte in der Hand, und sie lächelte nicht. Adrian wollte etwas sagen, ein mickriges *Ja* musste doch drin sein, doch vergebens, es hatte einfach keinen Sinn. Zum Glück erbarmte sich die Misses und zeigte auf den Platz an ihrer anderen Seite.

Was ist damit?, fragte sie. Ist das etwa nichts?

Stella setzte sich auf die Schaukel, und zu dritt schwiegen sie sich vor und zurück und immer so weiter, bis es Misses Elderly zu bunt wurde und sie verkündete:

Ach übrigens. Ich mache jetzt eine Ausbildung zur Yogalehrerin. Gestern hab ich mich angemeldet.

Und Adrian und Stella sagten gleichzeitig:

Macht nichts. Du bist ja noch jung.

Dann schwiegen alle drei weiter, nur dass es jetzt ein besseres Schweigen war, ein Schweigen, das schmunzelte. Und irgendwann hielt Stella die Schaukel an, beugte sich vor und fragte Adrian:

Und? Wie geht's?

Adrian hätte eine Menge auf ihre Frage antworten können. Da war der Kunstwettbewerb, bei dem er den dritten Platz gemacht und dann niemandem von der Auszeichnung erzählt hatte, nicht mal der Misses, obwohl er ihr Bleistiftporträt zwischen die Zuggesichter geschmuggelt hatte, und das Bild hatte dann zu beiden gepasst, zu den enttäuschten genauso wie zu den glücklichen Gesichtern. Er hätte Stella erzählen können, dass sie ihn in die Kunst-AG aufgenommen hatten nach dem Wettbewerb und dass er dort nette Leute kennengelernt hatte, er hätte erzählen können, dass er noch zweimal beim alten Waliko gesessen hatte, immer dann, wenn er zufällig gewusst hatte, dass die Marauns übers Wochenende verreist waren. Er hätte so vieles sagen können: dass er fast nicht mehr weinte und einen ganzen Zentimeter gewachsen war seit der letzten Messung, dass er zum ersten Mal im Leben ein schlechtes Halbjahreszeugnis und seine Mutter endlich einen neuen Anlass hatte, um besorgt zu sein, er hätte erzählen können, dass er nicht mehr vom Foto abzeichnete, sondern nur noch das zu Papier brachte, was er mit eigenen Augen entdeckt hatte, er hätte stundenlang reden müssen, um Stella auf den neuesten Stand zu bringen, aber was er dann sagte, war einfach nur:

Ich hab mal nachgesehen. Der *Tallest Man*. Dieser Typ. Der ist in Wirklichkeit ganz winzig.

Ach!, stöhnte Stella. Hast du's endlich auch kapiert?

Sie sah auf die Plastiktüte, die auf ihrem Schoß lag, und reichte sie ihm über die Oberschenkel der Misses hinweg, die sich angestrengt aus allem heraushielt.

Beinah hätte ich's vergessen. Das ist für dich.

Adrian fasste nach der Tüte, aber Stella zog sie blitzschnell weg und sagte:

Kostet fünf Riesen!

Okay, sagte Adrian. Ich bring dir das Geld vorbei. Irgendwann mal.

Also gut, seufzte Stella. Hier, bitte schön.

Sie gab ihm die Tüte und stand dann auf, tschüs!, sagte sie leise, und ganz langsam verschwand sie in der Küche der Marauns, bis sich Adrian nicht mehr vorstellen konnte, dass sie gerade leibhaftig auf der Schaukel gesessen hatte.

Also bitte!, meldete sich jetzt Misses Elderly wieder zu Wort. Könntest du gefälligst nachsehen, was in der Tüte ist?

Was?, fragte Adrian.

Ach so, ja, klar.

Er sah in die Tüte und entdeckte ein zerfleddertes Schulheft, dunkelblau und ein bisschen beschmiert. Als er es herauszog, da fand er noch etwas anderes, das klein war und krakelig und ihm rein allergische Tränen in die Augen trieb, die Pollen flogen schließlich nur so herum.

Stellas Schrift.

Auf dem Heft.

Was steht da?, fragte Misses Elderly ungeduldig. Sie hatte ihre Lesebrille nicht dabei und konnte wahrscheinlich überhaupt nichts erkennen.

Lies doch mal vor!

Und Adrian las: *Das weltberühmte Buch der großwüchsigen Dinge*, dann kümmerte er sich nicht mehr um die Misses und blätterte still und lodernd im Heft herum, überall Daten und kritzelige Einträge, überall Zeichnungen und eingeklebte Fotos. Er fing zu lesen an, *30. Mai 2010, größte Blume der Welt: Titanenwurz, von der Insel Sumatra, bis zu drei Meter hoch, stinkt entsetzlich*, und Adrian musste lachen, denn Titanenwurze waren ganz nach Stellas Geschmack. Er konnte sich vorstellen, wie sie beim Schreiben gekichert hatte, wie sie mit den Fingern den Stift umgarnt hatte wie zum allerersten Mal, und der Misses reichte es jetzt, sie fragte:

Dürfte ich bitte mitlachen?

Na, warte mal. Also …

Adrian blätterte eine Weile im Heft, das fast bis zur letzten Seite gefüllt war, und las dann:

Längster Stau der Welt: in São Paulo, 293 Kilometer lang.
Nicht schlecht, sagte die Misses. Aber langweilig. Lies etwas anderes.

Adrian blätterte weiter im Heft, sah sich Fotos von Brücken und Bergen und Wolkenkratzern an, betrachtete kleine Zeichnungen von Bäumen und Türmen, er blätterte und blätterte und las dann wieder einen beliebigen Eintrag vor:

Längster Tunnel der Welt: Seikan-Tunnel, Japan, 53,9 Kilometer lang.

Ja, schon besser, nickte die Misses. Und was haben wir sonst noch so im Angebot?

Und Adrian wühlte in den großwüchsigen Dingen, die ganz allein ihm gehörten und keinem sonst, die ihn zum einzigen Besitzer eines weltberühmten Buches machten, und er las der Misses größte Ziegelsteinbrücken vor und längste Fußballverlängerungen, und Misses Elderlys unersättliche Ohren wollten immer mehr hören, die Schaukel brach fast zusammen unter all dem Großen und Allergrößten, ja, es war April und man konnte schon ohne Jacke draußen sitzen, nach Abgasen roch es, nach Frühling und nach kaltem Vanillerauch.

Oh, hier habe ich noch was!, sagte Adrian und fühlte seine Wangen glühen, denn peinlich war es schon.

Längster ... also: *Längster Penis im Tierreich: Seepocke, aber nur im Verhältnis zur Körpergröße, Penis doppelt so lang wie Seepocke selbst.*

Und betont gelassen fügte Adrian hinzu:

Na ja, wie bei mir ungefähr.

Aber die Misses ging gar nicht darauf ein, sondern sah Adrian erschrocken an und meinte:

Stell dir mal vor, wenn diese armen Seepocken Unterhosen bräuchten!

Dann prusteten Adrian und Misses Elderly los, aber wieder auf ihre Weise: mit dem Blick und mit den Mundwinkeln und ansonsten ganz still. Adrian las weiter und weiter, bis er ins Stocken geriet, nämlich beim längsten Ortsnamen der Welt, der gleichzeitig der am schwersten vorzulesende Name aller Zeiten war.

Llanfairpwllgwyn...

Misses, ich geb's auf, das ist irgendein Ort in Wales, reicht dir das?

Stella hatte den Namen extra klein geschrieben, wodurch ihre Schrift noch krakeliger und jungenhafter geraten war, aber umsonst, der Name passte nicht auf die Zeile, er rutschte darüber, und Stella hatte die letzten Buchstaben ans Ende der nächsten Zeile gequetscht und mit drei Linien umhüllt, damit jeder sehen konnte, dass sie nach oben gehörten. Und Adrian dachte, dass auch er so einer war: einer, der über die Zeile rutschte, aber von anderen aufgefangen wurde.

Ganz aufrecht saß er da, das merkte er erst jetzt, sein Rücken war überhaupt nicht gekrümmt, die Schultern hingen locker nach unten. Er spürte etwas Klares in sich, etwas Frohes, und er las weiter, lachte ab und zu leise, achtete irgendwann auch wieder auf das Datum über den Einträgen, und da war etwas, das er partout nicht verstand.

Weißt du, was ich partout nicht verstehe?, fragte er Misses Elderly.

Stella hat die ganze Zeit weitergeschrieben. Sogar als ich, als, ach, du weißt schon, wann. Sie hätte ja auch aufhören können mit dem Heft. Aber sie hat einfach weitergeschrieben bis, schau mal, bis gestern!

Wundert mich überhaupt nicht, sagte die Misses gleichgültig. Sie hat ja auch nie aufgehört, über dich zu reden. Und manchmal waren das Sachen, die dich gefreut hätten. Du würdest dich im Grabe umdrehen, wenn du so was hören würdest. Dann gab es natürlich Tage wie …

Schon klar, sagte Adrian. Tage wie den … Moment … hier, Ende November. Da steht: *Größter Volltrottel der Welt: Adrian Theiß*.

Könnte hinkommen, sagte Misses Elderly.

Dann stand sie auf, weil sie eine vermoderte Stelle im Terrassenholz entdeckt hatte, und während sie leise fluchend auf dem Boden kniete, blätterte Adrian noch einmal das Heft durch, von hinten nach vorn, als wäre es ein Manga.

Und als er fast am Anfang angekommen war, blieb er hängen mit seinem Blick, da stand etwas, das er vorhin übersehen hatte. Und er hätte es der Misses vorlesen können, weil er sich wie ein winziges Kind darüber freute, aber dann behielt er es doch für sich, denn es gehörte ganz allein ihm, so wie der dritte Platz beim Kunstwettbewerb, so wie seine Stellagedanken, so wie sein ganzes Leben. Und mit dem Zeigefinger strich er vorsichtig über die Worte und sah dann zur Misses, die

die Terrasse abschritt und energisch nach neuen Moderstellen suchte. Die Luft war weich, und Adrian dachte auf einmal, dass es *doch* zählte und dass Geschichten nie zu Ende waren, niemals.

Dass er die Traurigkeit nie ganz loswerden würde.

Wenn er Pech hatte.

Wenn er Glück hatte.

Und vielleicht würde er Stella sein Leben lang Dinge erzählen, auch wenn sie in Uruguay wäre oder auf einem neuerdings bewohnten Planeten und überhaupt nichts davon mitkriegte. Vielleicht würde er ihr immer wieder Fragen stellen und sich ihre Antworten einfach für später aufheben, die wurden ja nicht schlecht. Er würde wachsen und wachsen und manchmal ein Volltrottel sein und manchmal keiner, er würde alles Mögliche tun, und als Erstes würde er der Misses bei der Modersuche helfen.

Adrian sah noch einmal auf die Heftseite, falls er sich doch geirrt hatte und Stella am Ende etwas ganz anderes geschrieben hatte, man wusste ja nie. Aber nein. Da stand es, und die Misses sah jetzt endgültig so aus, als könnte sie Hilfe gebrauchen. Er würde zu ihr gehen, ihr beim Suchen helfen und ihr versichern, dass man den Boden mit links reparieren konnte, mit links konnte man das.

Die Sache war ja die: dass man manchmal, in den schwersten Zeiten, etwas geschenkt bekam, einfach so. Von Menschen, mit denen man schon ewig auf der Hollywoodschaukel gesessen hatte, von Menschen, die neu in der Gegend waren, sogar von den eigenen Eltern. Und die Sache war die, dass man sein Herz immer wieder bei jemandem ablegen durfte wie einen schweren, müden Kopf, notfalls so lange, bis man wieder am Leben war.

Adrian schloss das Heft und stand auf.

Er fühlte seinen Bauch lächeln.

Für Einsneunzig, hatte Stella geschrieben.

Mit Hochachtung.

HEIMWEH UND ERSTE LIEBE

Susan Kreller
ELEKTRISCHE FISCHE
Hardcover
192 Seiten
ISBN 978-3-551-58404-5
Auch als E-Book erhältlich

EMMA MUSS MIT IHRER MUTTER und ihren Geschwistern von Dublin nach Mecklenburg-Vorpommern ziehen. Sie vermisst Irland, den Atlantik, die irischen Großeltern. Nicht mal die Ostsee kann sie trösten. Emma will nur eins: schleunigst nach Dublin zurückkehren. Levin aus ihrer neuen Klasse, der selbst große Sorgen hat, bietet ihr seine Hilfe an, scheint aber irgendwann gar nicht mehr zu wollen, dass sie wieder fortgeht. Und auch Emma beginnt allmählich an dem Fluchtplan zu zweifeln ...

WWW.CARLSEN.DE

MASCHA SCHAUT NICHT WEG

Susan Kreller
ELEFANTEN SIEHT MAN NICHT
Taschenbuch
208 Seiten
ISBN 978-3-551-31458-1
Auch als E-Book erhältlich

IRGENDETWAS IST SELTSAM an Julia und Max, das findet Mascha von der ersten Sekunde an. Und dann sieht sie, dass Julia überall blaue Flecke hat, richtig große. Als Mascha schließlich eines Tages auf der Suche nach den beiden vom Garten aus einen Blick in ihr Haus erhascht, ist ihr klar: Sie muss ihnen irgendwie helfen. Aber wie, wenn keiner der Erwachsenen ihr zuhören will? Mascha hat eine verhängnisvolle Idee – aber manchmal ist es besser, etwas Falsches zu tun, als gar nichts.